U0856800

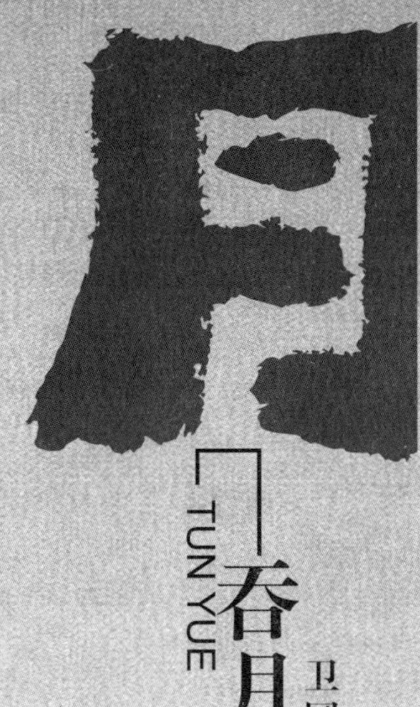

吞月

TUN YUE

卫国强 著

中国文联出版社

图书在版编目（CIP）数据

吞月 / 卫国强著．-- 北京：中国文联出版，2023.5

ISBN 978 - 7 - 5190 - 5187 - 7

Ⅰ．①吞… Ⅱ．①卫… Ⅲ．①诗集 - 中国 - 当代 Ⅳ．①I227

中国国家版本馆 CIP 数据核字（2023）第 088489 号

作　　者　卫国强
责任编辑　王　斐
责任校对　胡世勋
装帧设计　文飞燕

出版发行　中国文联出版社有限公司
地　　址　北京市朝阳区农展馆南里 10 号　　邮编 100125
电　　话　010 - 85923025（发行部）　010 - 85923091（总编室）
经　　销　全国新华书店等
印　　刷　四川金邦印务有限公司

开　　本　880 毫米 ×1230 毫米　　1 / 32
印　　张　7.75
字　　数　155 千字
版　　次　2023 年 5 月第 1 版第 1 次印刷
定　　价　48.00 元

以大爱之心去拥抱世界

（代序）

叶延滨

《大河》诗刊的高主编向我推荐诗人卫国强的诗。这个诗人的名字对于我，还较陌生。但我知道，卫国强是《大河》的签约诗人，足见《大河》主编对卫国强的重视。认真拜读卫国强的这些作品，我认为《大河》把卫国强列入签约诗人的行列，自有道理。卫国强在文坛，先以散文名世，近来又专攻诗歌，读过他的作品，总体的印象是：起点不低，天赋不错，写诗有潜质，今后的发展大可期待。

《大河》诗刊是一本值得关注的好诗刊，正如《大河》立足的中原诗界，拥有广大并颇具实力的河南诗人群体，这是值得关注的实力诗群。这个诗群早年有名闻全国的苏金伞，后有王怀让，进入新时期出了马新朝。《大河》主编高旭旺一生与诗歌相伴前行，也是承前启后团结河南诗人群体，将中原诗坛推向全国的功臣。卫国强加入到这样一个优秀团队中，为中原诗坛增加了活力。我也希望他努力成为中原诗人群体的中坚。基于这样的愿望，我想与读者朋友分享一下我读卫国强诗作的感受。

读卫国强的诗，首先想说的一点，优秀的诗歌应该出自好诗人的笔下，不是所有的写诗的人都可以写出优秀的诗歌。换言之，在今天由于自媒体和手机等大众传播手段的普及，发表分行的文字，几乎是没有门槛的平民福利。因此，在大众狂欢式的诗歌繁荣中，人们几乎忘记了真正的诗歌是什么？真正的诗人是什么样的人？公众号、朋友圈、点击率这些泡沫加速器，将大量的伪诗和伪诗人成批推出。在今天，我们有了许多没有代表作的著名诗人，有了与真善美毫无关系的排行榜网红诗歌。读卫国强的诗歌，我首先想说的就是，一个诗人必须对这个世界有独特的感受，这种独特的感受引导诗人超凡脱俗地去发现一个与众不同的世界。这种独到的感受，我们说是诗意的发现和诗人的眼光。如卫国强的诗作《城市是只妖》就是一个忠于自己感受的诗人，所产生的与众不同的诗意发现："不同的脸色写着不同的威严，那语调/像炮火，带着呼啸/在城市的旮旮旯旯里飞旋/将耳鼓打得生痛//多年了，我才终于发现/这城市就是那只妖/你无法看清它的形象/但，它的法力无处不在/总是让我失措/并迫使我，日益变得胆怯，焦虑和消瘦//想回我的乡下去/挑起我的货郎担，摇着我的货郎鼓/让满巷的孩子，欢笑着，蹦跳着/追着我，挑拣我货筐里/满满的/纯洁，无虑和远方"。这首诗具有强烈的"时代气息"和鲜活的"生命感触"。对于时代气息，许多人已经习惯按照报纸和文件的语调，去矫正我们的思维。比如城市化，一般人就想到小康社会，想到打工和买房等。其实，对于"日出而作，日落而息"的农村自然简朴的生活方式，百万千万人聚居的城市，声色光电、车水马龙，其实是很可怕的巨大的怪兽一样的存在！只是强大的"文明教化"，让我们曾经在天地间自由舞蹈的灵魂，变成了马路上遵守规矩的爬虫，红灯停，绿灯行，不越雷池半步！在这首诗里，诗人卫国强脱去了世俗和规则的束缚，让心灵直接去感受城市，这恰恰是诗歌的方式，也证明了诗人具有不同常人的诗歌的感受力！从感受出发，听从心灵的指引，这是诗歌的起点，也是诗歌与非诗的分野。

不同的人对世界的感受是不一样的，不同的人也用不同的方式理解和进入世界。政治家和商人面对世界时，大概最有话语权，也最能影响这个世界。然而，诗人却坚持着用有别于他们的方式，面对世界和进入世界。正因为这样，我们的世界不仅充满了权力的角逐和金钱的诱惑，还存在着另一个属于心灵的世界，这个世界引导着人们向善、向美、向上。这个世界不存在于红头文件与广告牌，它需要诗人告诉我们，而诗人只有凭借非凡的想象力，才可能向我们传递那个世界的信息。因此，诗人的才华就在于将感觉赋予联想，将现象化为心象，西方诗学讲求意象创造，东方先贤说好诗在于意境营造。卫国强的《冬日浩大》就是这样的一首短诗："冬日浩大。只用冷漠，就将大地的秘语封冻/可梧桐摇晃的枯枝间/有蝉鸣萦绕/细看，丝毫未见，蝉的踪影/世间有些东西，就这么/反常/像南山峰巅那轮虚无的佛光/不论春夏秋冬，风雨雷霆/它总在那旋转，闪耀/闭着眼睛/我都能看到"。这首短诗，写得不错。总体上讲，营造了一种宏大而明澈的意境，天地浑然一体，冷漠将大地秘语封冻，这是眼见之"实"；而诗人心灵感知了与之相反的"蝉鸣"与"佛光"，这是用心在听，用心在看！因为有心，有了蝉鸣之冬和永远闪耀的佛光！在浑然一体的冬日，这个世界充满了生机和灵光！这首诗让人超越现实的困顿，感知心灵的广阔，有点佛学的禅趣，而禅趣产生于心灵的修炼，值得肯定。

我们的某些批评家，总是把诗歌的历史看成技术革新的过程。在他们眼中，写作方式和技巧是第一位的，这种纯技术的诗歌观，抽掉了诗歌的核心，使一些浅薄的诗篇在他们的授课讲义中成为例子而谬种流传。诗歌要讲精神，有无诗歌精神，是最后判别高下的标尺。因此，我看到卫国强的作品中，那些有强烈的诗歌精神的作品，不一定是最流行的写法，比方口语，比方叙事片段，但却显出了诗人气场的充盈高洁。如《大风起》就是一首感人的佳作："大风起/天上乱云飞渡/地上草木挣扎，尘屑腾舞/仿佛天神要荡平这个不平的世界/之后，暴雨骤至//一只湿漉漉的燕子/拼着命，从雨中蹿出/飞进屋内。停在灯口上方的电线上/慌乱中，她瞥见了我/我也读出了她眼中的陌生和不安/抖动翅膀，她朝窗外冲去/咣的一声，头狠狠地撞在玻璃上/一声哀鸣后，又朝另一扇窗撞去//落在窗台上的燕子/仿佛一个憔悴的苦行者/迷惑着，眼里写满了绝望/她看到了那些熟悉的山，树和自由的天空/却独独没看出，通向精彩世界的/那道无形的墙//多少年了，我还沉陷在燕子那声哀鸣中/不能自拔"，这首诗写得非常完整。诗人笔下的燕子，在大风中误入房内，却在企图逃生的时候，不断撞向透明的玻璃。这也是个象征，写出了人生的困境，追求自由却看不到隔离和束缚我们的无形的藩篱。诗人在这里表现了他的爱憎、立场和价值观。在强势的大风和弱小的燕子之间，诗人站在燕子一边，在追求自由和透明的囚笼之间，诗人是同情追求自由者，在盲目的抗争与清醒的无助之间，诗人是同情并为它的盲目而惋惜。我想诗人之所以自古以来，成为人们尊重并追随的朋友，就是因为诗人体现了人类的良知与人性的觉醒。在光明与黑暗之间，在强者与弱者之间，在自由与囚禁之间，在暴力与和平之间，诗人永远有自己的价值判断，它体现为永恒的诗歌精神！

诗人永远是站在弱者的一边，尽管诗人常常在权力和金钱面前，只是书生意气，无法力挽狂澜。然而，比权杖和资本更强大的是时间，时间将证明一个真正的诗人的魅力。因为一个优秀的诗人在他的笔下会创造出有强大生命力的艺术品。这就是时间的辩证法创造的诗的神话。诗人之笔赋予万物生命并发现生命的力量，读卫国强的诗，也惊喜地看到他在这方面所做的努力，如《那枚乡下的土豆》，就写出了卑贱者的生命力："往城里搬家时，一枚土豆/滚进了供桌下的/黑暗处，像被上帝随手抛弃的物什/按理，它的存在和价值/就此画上了句号//半年后，儿子不经意间从桌下/掏出这枚土豆/叫声里，传出些异样/那土豆，长出水晶般的枝芽/曲曲折折的，仿佛虬龙伸展的爪牙/又仿佛为无望的世界抒写的/生命的奇迹或神圣//躺在黑暗和孤独中的那枚土豆/不相信自然的命数/硬是在绝望的境况下/倔强地/活出了，我眼中的热泪与/心底的震撼"。诗人写了一个无意抛弃于桌底的土豆的命运，其实，我之所以被感动，是因为我们都曾被有意或无意抛弃于某个角落。土豆的命运就是卑贱者的命运，然而万物有灵，所有的生命都有生存的权利。因此，我在诗中找到了自己的一部分，我也向所有不屈的生命致敬，向卫国强笔下的土豆致敬。

在读卫国强的作品，常常为他的正直和良知所打动。这就是我说的诗人的潜质。但也想指出，如何处理现实题材，卫国强个别诗篇的写法，也有值得商榷之处。如《家谱》《烫手的石头》等，涉及历史事件和具体的政治运动，往往一首短诗所无法把握分寸，也容易产生不必要的歧义。同时，卫国强的另一些诗作，让我感到写得匆忙，结构不尽完整。在这里，我不是反对写实，而是说诗人要追求诗歌本质的真实。自古至今，社会上从来不乏黑暗和阴霾，诗人不是要去放大它们，而是要去寻找和护卫点滴的光明；人心从来有许多阴险和阴谋，诗歌不是去显示人心之丑，而是要爱护和护卫那一丝一毫的善良；这个世界到处充斥丑陋和粗鄙，诗歌不是去巡回展览这些东西，而是发掘那些被俗世埋没的美！这是一种取舍，也是一种价值取向，处理这类题材需要智慧和才华。短诗《看，我有钱》就是处理得很好的一首精致而感人的好诗：“酸奶店出来。打开盖子/往常一样，我准备享用这，一天中的/惬意/突然感觉，有异样，从身边传来//哦，一个衣着褴褛的小姑娘/不大整洁的脸上，一双眼睛执着地，盯住我/手里的酸奶盒，羞怯而渴望/见我注意到她，下意识地/她伸出又黑又脏的小手掌：看，我有钱//我把十元钱的酸奶递给她/同时，接过了她手中一角钱的钢镚/发现，这从没在意过的/硬币中，竟含着让人痛心的/光泽”，这首诗分寸掌握得好。诗人写的是底层一个穷孩子的形象，衣着褴褛又被美食吸引，在接受赠与的时候，天真而自尊地伸出手中的一角钱，说，我有钱。这是一个矛盾而让人心酸的瞬间，但诗人护卫了小姑娘的自尊与天性！这就是诗人所要做的工作，以诗人的良知去护卫和发现人世间一丝一毫的美好，让这些美好的瞬间永恒地留在笔下！刚刚从事诗歌写作不久的卫国强，在题材处理，表现技巧等诸多方面，还有可挑剔之处，但就我所读到的这些作品，确实起点高，有写诗的天赋和潜质，值得期待诗人有更多的佳作问世。写出我读后的一些想法，与诗人共勉，也表达我的祝贺期待之意。

2018 年春节前夕于广东

叶延滨，诗人、散文家、批评家。现任中国作家协会诗歌委员会主任，中国作家协会全委会名誉委员。曾任四川《星星诗刊》主编，北京广播学院文学艺术系系主任，中国作家协会《诗刊》主编。中国作家协会全国委员会六、七、八届委员。出版个人专著有诗集文集共44部，其作品自1980年以来先后被收入了国内外450余种选集以及大学、中学课本。部分作品被译为英、法、意、德、日、罗马尼亚、波兰、马其顿等文字。诗歌、散文杂文作品先后获40余种文学奖。

目录 >> CONTENTS

第一辑　吞月

第二辑　青铜的锁

第三辑　家谱

第四辑　苍穹下

第五辑　象外

第六辑　我看到了远方

第一辑

春　月

小火车

一列一列火车，携着人群
箭一样
射向远方
那情景，让一个乡下孩子羡慕不已
童年起，火车和远方就交织成我梦中
向往的焦虑
总是痴痴幻想着，有朝一日
乘火车，去
我想要的远方
沧桑之年后，蓦然发现
大地上的所有列车，都有
到站的时候
唯我心中，那列向往远方的
小火车
不舍昼夜，不避风雨。几十年了，至今还
吭哧吭哧地喘着粗气
在远方的原野上，奔驰着
从不停息

吞　月

把所有炫目的灯火都
灭了
把眼前的小桥、流水与垂柳等等狐媚的妖娆也
抹掉
把心酸、痛楚、企盼、意念这类虚无，从身体中
抠去
甚至连同远处的喧嚣和近处
孩子们的欢闹
再不行的话，把我的头脑也破开吧
只要能清除这尘世的纷扰

我愿意，此刻被抛到一个荒凉的山谷
哪怕一个寂静的枯井也行
对着一孔小天，不
是对着天上那轮皎洁的月亮
哦，这绝世的大美
静下心，沉下气
慢慢地，慢慢地
小心着
别焦虑，别紧张

把它的香，它的酥
它的温馨和甜蜜
光华与浪漫
以及掰开后内里的温柔和白嫩
一口一口
缓缓地
吞下
……沉醉

冬日浩大

冬日浩大。只用冷漠，就将大地的秘语封冻
可梧桐摇晃的枯枝间
有蝉鸣萦绕
细看，丝毫未见，蝉的踪影
世间有些东西，就这么
反常
像南山峰巅那轮虚无的佛光
不论春夏秋冬，风雨雷霆
它总在那旋转，闪耀
闭着眼睛
我都能看到

在戏中

大幕拉开。乱哄哄的舞台上
这边叫板那厢开唱
出将入相，成王败寇
唱罢的唱罢，登台的登台
牛鬼蛇神和才子佳人们纷呈亮相
可命中注定我平淡的人生
只宜扮演个
跑龙套的角儿

一定是大河之侧漫出的那声高腔
唤醒了我沉睡的魂儿
一个激灵，瞧见我这前世的许仙
遭遇了今生宿命里的白蛇
躯体撤退，灵魂出场
刹那间水袖翻舞，唱词激越
我单骑千里，只为陶醉于那一刻
你水漫金山的灿烂

大幕落后终是空
无奈醉卧在那一声百转千回的长腔里

脱不出身来
饮尽了这世间的苦楚
正命悬一线待人救场时
幽远处，有锣鼓声沿着暗夜的秘道
从天际处隐约传来
仿佛召唤我
流落民间的魂魄

向地老天荒

薄暮正在掩埋秋色
有幽香泛起
柔柔地，偎依肩头
独坐广场一隅。看街上
车辆川流，人群熙攘
不愿做任何联想

头脑晕晕的，累了
吸一颗烟，惬意
这是一天中的好时光
平日里那些胆怯、焦虑、劳碌、爱恨及渴望等等
此刻全都消失了，突然的就与我无关了
仿佛我已石化为一个雕塑
此刻，看到了地平线上的朦胧
以及朦胧中冥冥的召唤
想卸下身体里和身体外的一切
把它们全部抛开
向尘世的命题告别
独自走
向地老天荒的远方

鹳雀楼下

再加把劲，登上鹳雀楼，就能看到更远方
同伴鼓励我
我笑着，摇了摇头
已登过好几次了，始终
没看清我要去的远方

秋天轰然降临
现在，我急需搞清的是
一株小草
心头最终的辽阔

关山无语

蝴蝶的翅膀
诗意成一个葱郁的梦
不，是一件披在身上的袈裟
正把这颗丑陋的种子包裹起来
谁家的花园肯为我留下
一块发芽的土壤
大槐安国的传奇，又在暗香浮动
炙热
总是抛不掉
心头的焦灼
雨后，斜阳
关山无语

远处的群山

每每那些不得已而相逢的场合
就像为那些权贵、土豪甚至痞子们
提供的舞台
他们一如名角，很快进入各自的角色
将尘世的荣光
尽情炫耀
常常不知道自己在哪，也常常忘记自己
是谁
对着他们，我总是一言不发
呆若木鸡
久之，他们以为我深沉
其实，那时的我头脑空空
像一截戳在地上的树桩
元神已离开躯体
一个人静静地
在阅读着远处的群山

茫　然

一片落叶在风中翻滚
滚着滚着，不见了
我感觉到
树叶的颤抖
与茫然

童年时母亲做了个虎头帽
脑后带着两只大银玲
抓起它，一把戴上
我将头兴奋地摇啊摇的
哗哗啦啦
那声响，动听、幸福
至今，仍在耳畔回荡
走神间，五十年过去了
白雪已袭染两鬓
可我被折叠的人生尚未打开

人生如梦，古人讲得多美哦
它激起人联翩的浮想
其实，人生更像是风

在时间的长河中轻盈地
划过后
大地上
干干净净

走失的三月

三月刚把身影晃进春分
被囚禁了一个冬天的油菜花
就再也压抑不住心头的颤抖
“哗” 的一声
把满腹金黄的喜悦
忘情地倾倒在北方的塬上
这盖地的黄，这铺天的香，这起伏的波浪
这诱人的芳芬
一步一步，我身不由己地蹚进了花海的缠绵
我想我是醉了
脚步踉跄，怎么也探不出回家的路
跌倒在花丛中
天地间唯有耀眼的黄金
就连自己也成为它的一部分
我，业已不复存在

是三月一不小心走丢了自己
还是我情不自禁迷失在醉人的三月？

真相的门

蝴蝶，花儿，少年。蝴蝶的翅膀
幽远的梦

心比天高
地火中，咬着牙，慢慢地熬
苦与痛，不与人分说

一场风雨，打落在泥泞
抖不动的翅膀
绒毛，纷纷脱落

曾经一再破碎的，在臆想之外
又碎了
一把锁，用锈蚀封闭了
真相的门

其实，那只渺小的蝴蝶
已高过
远处的雪山

水东流

仿佛一棵无根的树，他长在河岸上
怔怔地，盯着脚下的流水
流水妩媚，有些不羁
他却直盯得流水心慌意乱，情绪茫然
盯得流水不像了流水

盯着盯着，那流水就变形了、幻化了
婀娜的女子，又嫣笑着
来牵他的手
盯着盯着，就眩晕，就迷茫
他把流水都盯得哭了，呜呜咽咽地
成了一截一截的疼
白蛇似的，在河道里打滚，悲催
忍无可忍时，逃离

无缘无故的，他的脸上
泪流如注

散　木

桃树、李树，还有我钟情的银杏
都睡了，睡了
夏天的所有繁华
去了哪儿呢？
冬夜，踩着这些残叶
孤寂，仿佛一袭阴云
罩住我的心

中秋时，还热恋的月亮啊
怎么，你的山上，那棵歪斜的
桂树
现在也是冰凉的
像脚下的石头

如果我的心，在寒冬里也沉沉地睡去
来年春天，是否也能
像这些散木
幡然醒来？

青　涩

似乎还是昨天，我们从树上
摘尝了青涩的苹果
焦虑间
节令，蛇一般无声滑过
抬眼时，却滴水成冰
可恶的谁呀，放尽了花园内的一池碧水
那些鱼儿，该怎样才能度过
这萧杀的季节
走过去，望着池底一层薄冰
草梗厚的一洼水中，竟然
有小鱼儿在蹿动
仿佛我突然涌动的心跳

哎，这可怜的鱼儿，正如我
心中那缕游动的
希望，涩涩的
茫然着

不 死

心跳和回忆勾兑出呛人的辣，就是童年
打开时，会有一些剧烈
八岁那年，屋檐下一只蜂巢
盛开成我心中的花
它们忙来飞去的样子，让人感动
好像我是这个部落的王

一天，一只马蜂不期而至
巢里的蜜，花粉，甚至未成熟幼虫
都成了它可口的点心
残暴和强大，瞬间摄走了小蜂们
抵抗的本能
趴在窝后，表情紧张而麻木
伤心
愤怒
用竹棍，我驱赶着入侵者
小蜂们一拥而起，将我蜇得青肿
父亲的脸上就有了难堪
马蜂再次来袭时，我告诉了父亲
一碗滚烫的开水，迎面泼去

落叶似的，马蜂和小蜂们纷纷跌落

消灭恶的，总是要以牺牲善的为代价
没有声音告诉我，这就是自然的法则
唯有那只伤残的空巢，疤痕似的
触目惊心着
萧瑟在
我不死的记忆中

在秋天

灯笼树的花把秋天镀成了一片金黄
这金黄，把尘世也照得灿然
有酒后的感觉
心里暖暖地一动

花儿们太过热烈了，有点贪心
不久，纷纷坠落
北方的长街
铺上一地黄金
勾引人，起了匍匐的念头

自然竟有如此能耐
于季节深处的某一时刻
牵着人的思绪
在这金黄的虚幻里
痴痴迷迷地遐想、驰骋和哀伤
放纵起自身的浩瀚
与波澜

这美，源自树的苦难和挣扎

是一种病菌，侵入了杨树的肌体
在其中随心所欲地杀掳，吞噬及蔓延
从此，苦难就宿命般嵌进了
杨树跳动的脉搏
树本能地颤抖、痉挛、抵抗
经年累月中
以自身的病痛
无可救药地隆起成尘世眼中的奇葩

奇异的美使人震惊
凡路过的人皆在它身旁伫立，
他们抚摸，观赏，赞叹
还不住地与之合影
但无人晓得树的苦难
和挣扎

洪荒之力举着我

终于爬上来了
以为到达山顶
抬头一看
一座险峻、突兀的峰巅又迎面劈来
它伟岸的气势压迫人

这高高在上的峰巅又被踏在脚下了
自豪间
侧目一望
更高的山峰尚在远处静蹲着

哦，这尘世中真正的高
是站在前面顶尖高峰之上的高
它湮没在喧嚣中
不突兀，也不让人仰视
安然、恬静、厚重，与世无争

但却收藏了
最终看到它的人
心中的敬重

甘露寺

佛塔高耸
是一把天梯
直达天堂的心跳
供苦难的信徒向往和跪拜
他们用虔诚清洗了尘世的罪恶及污点
满怀喜悦地从天堂返回
仿佛歆享了神的甘露
幸福的表情让人着迷
可我站在空空的大殿内
心头烙满了尘世的惊悸与慌乱
对着神像手足无措
风儿不怀好意
一再撩起我的衣襟
想在心头的裂纹处
再携走一些醉人的文字

沉 醉

炫目的诗歌朗诵会，着一袭白裙
女神
飘逸至舞台中央
夜空中恍出的一轮月亮
有些璀璨
艳惊了四座

知道你就要为我诵读精心准备的诗句了
打开摄像
想将这瞬间拍摄下来
手机出了故障，恰在此时
黯然神伤
眼睁睁看着大美渐次消退
我，痛苦地垂下眼睑
世界的一切
消逝了

但，让人惊鸿一瞥的那幕
不经意间
却在我的脑海中

徐徐上演
哦，这世间的大美
原是来自心灵的投射

分　野

山脚，汪出一潭碧水
岸边芦苇摇曳
三只野鸭在左，一只白鹤在右
各自游荡一方水域
守着那份谨慎，觅食，嬉戏
漠视着，谁也不在意谁的存在
似乎两者之间没有差别
一幅静美的山水画

突然，寂静被打破
一声高唳后，白鹤腾入云端
洁白的身影
犹如一首写在大地上的绝句
至今仍让一个乡下的孩子沉醉
而野鸭
拍打着翅膀，演尽了世间的仓皇
一头蹿进芦苇丛
尖叫着
逃命

一首诗的诞生

周末，几位诗友来访
清茶，空谈，烟雾，落地窗前的文竹、君子兰
以及穿过他们
卧在胸前的暖暖的阳光
绘出了一幅风雅的客厅七贤图
默默品尝着，冷不防
有诗友向我扫过一阵炮火
这家伙，在文坛放了一把火
哥们儿几个豪情万丈
把自身的血液都烧得通红
也没打出几把好镰来
可是，你看，他身上一点火气都没有
却烧出许多精品
众人用目光照着我
企图从脸上翻检出一些答案
此刻，我的目光尚迷恋在手里的茶杯上
我看见
一枚茶叶正放松地打开自己
缓缓地下沉
其飘逸的姿态
像一首彻悟的诗

自然里的道

不敢动笔
生怕把浅薄的一面暴露出来
像那条藏不住的狐狸尾巴
贻笑大方
诗歌于我已成为一种负担

本人并不十分丑陋，为何
拍出的照片却全都丑陋十分
文友相聚时忙向一位摄影大师请教
艺术的灵魂是自然，大师说
拍照时你用力过猛
脸上就不自然了
不自然自然就无美感可言

听后惊然
这狗日的生活
屁大的事里都蕴含着个道

恍如隔世

从沉睡的梦中醒来
世界已繁花似锦人群熙攘
入睡前的那份宁静与温馨呢
昨天我曾在洞口前燃烧的大火已成灰烬
握着点火的燧石却留有余温
昨天还在山脚流淌的小河
也如农人脸上的泪珠被风干得
了无痕迹
昨天还挥汗如雨在大地上劳作的母亲
今日的坟头上已荒草萋萋

这位脸上枝枝丫丫地写满沧桑的女人
就是我魂里梦里的姑娘吗
那她清纯如晶莹晨露的双眸到哪儿去了
我看见昨日的诗句还未写完
山头上的庙宇却轰然坍塌
从随风而起高高飘扬的纸屑上
我惊异地读出了一些大师的名讳
让我一直纠结于心的是
庙宇虽然坍塌
但曾余音袅袅的那口钟呢

不想写诗

这些诗句已被我冶炼成钢
有了自己的陡峭与辽阔
但不想写它
就让它的锋利和灼热
在我腹腔内
独自地痛
怕它一旦出口
就剑一样
在尘世的峰崖上
入木三分
从此令我的身后
失去从容

蝴蝶梦中

深秋，万物都在顺应时令
做越冬的准备
大地仿佛也受到惊吓，匆忙
遮盖起夏日的繁华
河岸边，一株野花不识时务地含着苞
颤抖着，摇曳着，楚楚的样子
满含期待
仿佛在赴一场约会
等待着，她前世命定的那只蝴蝶
任它季节变化，任它北风凛冽
仿佛蝴蝶不来，她就不开

其时，西岭薄雪，已封住蝴蝶
归家的梦

第二辑

青铜的锁

活过明年

黄昏，寒风乍起
又见银杏树不可遏制地把满腹的黄金
在枝头，在地上
亮亮地烧起来
这情形，恰好暗合了我的心境
去岁树下，我们积叶成冢的往事
在眼前浮动，演绎
心，突然就热了
手心热了
步履和眼睛也热了
这故事竟然在瞬间改变了
季节的温度

可那个足音已然远去了
悦耳的笑声，也淡了
寒冷，重新掏空了我
更感刺骨

但这金黄的银杏叶
却因了这份温馨

命定要活过去年，活过今年
还要
活过明年

从未走远

冷不防，它叼走了我手里的红薯或馍馍
也常常跳进猪圈，偷吃猪食
有时，警惕地趴在柴堆前，捉老鼠
猫一样专心
这个整日里，屁颠屁颠地跟在身后的
黑狗，是我童年时的跟班
我们有着一样的贫饥和孤独
旷野里，我们尽情地疯

饥饿，剥夺了它的廉耻
为了肚子，先被
打掉一颗牙，五官不正
又被断条后腿，形象狼狈
末了，误吞诱饵，被炸飞下巴
村里几个后生将它打了牙祭
送回一张皮
母亲把它铺在我的身下
漫漫寒夜，它是我心里，暖暖的疼

人生中，多少事都风一样

飘逝了
它却魂似的
时不时在梦里盯着我
从不走远

指向黛玉

我并不认为
你只是漂移在曹翁笔下的
一个唯美的艺术影像
其实，你是一个有血有肉的灵魂
更是有着喜怒哀乐的人儿
我爱你的一颦一笑
也为你的大美深感不安
权势熏天的北静王爷，在你的眼里只是一个
令人厌恶的臭男人
挥金如土的呆霸王薛蟠，更只是
不值一提的玩意儿
就是多情的怡红公子
我照旧不认为，应拥有你的爱情
我渴望
化作一团烈焰，燃烧所有激情
将心愿盛大绽放
只为你西窗下，这边独好的风景
可惜我那时还小，你却夭逝
你去了，我的梦也碎了
只留下一副空空的躯壳

为的是在大地上
作为一个路标
给滚滚红尘中，那些喜欢寂寞的人们
指一条
认识你的道路

青铜的锁

是从什么年月走过来的呢
这把青铜的锁
无言中，储满了世间的
沧桑
浑身已然锈迹斑驳

我不知道，那扇紧锁的大门里
曾经有过怎样的
青春和萌动
也不晓得，生活的霜剑
刺伤了，一颗怎样柔情似水的心
使得大门轻轻地关闭
岁月长河中
慢慢石化成一把，紧锁着的
锈迹斑斑的铜锁
让情感在悲痛中，燃烧成思念的灰烬

然而
我深知

愈是紧锁着的心扉
愈是深藏着
殷切而苦涩的期盼

在旅途

破晓时，终于抵达心灵中的那方圣地
虽未经万水千山
一步一个等身长头
但这风尘仆仆的行程和一路忐忑不安的境况
已近朝拜

高处不胜寒
这个清晨似乎并不走运
殿堂里的仙子们各怀心事
仿佛要开创新的纪元
他们容貌尊贵，彬彬有礼却冷漠地敷衍着
像对着一个误入白虎堂的乞丐
他们不关心，也不在乎你胸中的万千河山

曾一再感恩苍天为我们的旅途安排了
向往的圣殿和灯塔
到头来却发现
始于幻想的，必终于幻想
所谓旅程，不过就是苦涩和孤独

熬一熬就习惯了

这个清晨波澜不兴，注定不会有奇迹发生
默默地，我退出了圣殿
从希望到失望
从梦中到醒来

尘世的重

总以为人生中，有些时光
是用来虚度的
虚无中，有些事物是用来湮灭的
深秋里，一片树叶心事重重地，从枝头飘落
没觉出，它与我无所事事的生活
有关联
那时，尚不明白：尘世的重
原来只压人的心

雪花舞蹈时，扯起了我的思绪
明知你不会在那儿了
还是忍不住，到从前的长亭，走了走
明明里面有人语，有笑声
我心里却空空的
仿佛走进前世的忘川，有些许荒凉与陌生
突然，就有根刺，插进喉咙
扎下根
吐不出来

石头记

上山。拜会一座神庙
还曾经的心愿
隐名人间。我就是那块无才补天的顽石
不会依着云朵，栽下一棵日边的红杏
只试图，用心疼
诊疗你前世的寂寞

冬日。风清，山峻，草本枯黄
庙里，古槐沧桑
树叶们牙关紧咬，坚挺着
在瑟瑟发抖的寒夜

清晨。阳光拥着它，暖暖的
它却压抑不住自己
热泪般，从枝头
纷纷跌落

尘世浩渺
命定你出演了三生石畔的
那株仙草

嗟悼完了吗？心境是否已然平复
抛开这让人棘手的前世吧
今生，能否牵着你的手
在大荒山下
谱完那曲石头记？

尘世间

几十年，眨眼就过去了，梦一样
一切都是真的
一切又不像真的

站在雪野，迷茫中
却看清了
这尘世，没有雪的纯洁
只有，雪的虚幻

遗　弃

爱恋，是嘴里含着的一块蜜糖
舍不得一口吞下
又仿佛，一只小手，悄悄地
挠你心底里的痒痒
这滋味，真好

以为这会是一个漫长的过程
可以慢慢品咂
没料想，它竟会风儿一样，突然消失

这心头，就空落落的
仿佛一只被人遗弃的小狗
站在无人的街头
眼巴巴地
等人认领

我的痛，你不知

还是这么年轻，有风度，成熟又成功
再次相聚时，你这样倾慕我
至于我那诸多的人生败笔
就像脸上令人触目惊心的疤痕，你没问
我也就紧紧地把它捂着
其实，我是一株生不逢时的树
在春天烂漫之时尚未打开自己
就被生活的列车拖进了萧杀的严冬
失败、痛苦以及无奈，洞穿我生命的全部
并在一些寂寞的午夜持续抵达我，撞击我千疮百孔的心扉
朋友啊，我想告诉你的是
请用你眼眸深处那簇暖暖的星光
融化我胸中沉积已久
却无法对人言说的
寒冰

梦中的主角

沙哑的一句话，从她胸腔低低地流出
黄昏、松下、车内
这些诗意的画面，顷刻失色
仿佛他的头被钝击
又仿佛什么东西，一下子就把他的心掏空了
茫然。不知该怎样才能向她表答出，此刻
他心里五内俱焚的焦灼

虚无吞噬了他
羞愧、屈辱、失落，这些从不公允的法官
立时冲上场，宣判了他的败诉
好在，夜幕及时掩盖了他的难堪
好在，她没能瞥见他
全部的悲情

多么精彩的一场戏哦
主角的他，却被驱逐出剧了
以后，只有在梦里
他才能出演
梦想中的
男主角

也是，也不是

疑心这像一篇小说的拙劣布局
那一刻
挂在公园柳梢头的月亮
正向大地倾倒着诗意
那一刻
我正好走到曲径尽头的石桥旁
抬头间
遇见了初恋的人儿
彼此都微微吃了一惊
几十年了。我已老了，你还是那样
她的目光远比这些话味道深长
忍了再忍，我才没
把肚里的难堪和辛酸翻出来
这些年从未联系过，她说
你还是你吗
顿了又顿，我艰难地答道
也是，也不是

人　生

人生就像在旅途
总是焦虑着
匆匆地
从上一个车站赶往
下一个车站

到头来才发现
绕个大圈后
又返回
最初的原点

恰如我们的生命
从冥冥中来
又复归冥冥中去

心　跳

使出浑身解数，月亮捧出一袭梦幻
罩住了海面
夜色下，借着月光的朦胧
大海将神秘的气息
一再渲染
岸边，好奇的人们用手机的灯光
捕捉着退潮后遗落的小贝小虾
石堤下，一个赤脚的姑娘走进我的视野，
美女，能为我捉一只吗?
可以呀！声调里是满满的快乐
一波三折的潮涌
仿佛大海那压抑不住的喜悦
哥，小心啊
她柔软的小手紧贴着我的手
放进三只小蟹
蹿动着
痒痒的
有电流击来
感动间，看见她无邪的眼波里
走出两颗星星

突然觉得
手心里蹿动的小蟹
是我胸口的心跳

当我凝眸往事

当我凝眸往事
心头的遗憾就像紫荆花一样一嘟噜一嘟噜
次第开放
一群蝌蚪没头没脑地游荡在忘川之水
我看见自己青涩的模样
像一个站在伤感河岸丑陋的孩子
木然地眺望着
光阴溪水般从指缝间滴答跌落
我双手合十
以更谦卑的姿态向上帝祈祷
祈祷上帝的怜悯之心能悠然一动
赐我尘世遗憾的人生一个圆满的结局
就在这时
往事的痛像一只夜晚的猫头鹰
悄无声息地飞临肩头
它用低沉而凄凉的叫声
正一下一下舔舐着我心头伤口上
淋漓的血
秋色愈来愈浓
慢慢将大地洇得都能拧出水来了

可我还是没有盼到上帝赐福的回音
只好将夏日的辛酸打成包裹
寄往遥远的未来
以此作为礼物
贿赂那位出了名的宫廷画师
求他为我灰暗的人生
在逝去之时
涂抹上些许人间亮色

渡

知道我前世落魄的故事曾一再让人唏嘘
今生，从一座山谷中走来
衣衫褴褛面容憔悴
却一副清高的样子，似不食人间烟火
这影像又被谁涂抹上一些狼狈的基调
为繁华的尘世所鄙视
手中的诗书是我唯一荣耀的金币
可以尽情挥霍
古都洛阳打开十万株灿然的牡丹迎接我
它们个个容貌艳丽，明媚动人
但我的心思不在这儿
卢舍那大佛的脚下
借助佛的法力和我独有的慧性
看到了我今生寻觅的那朵金色花蕾正含苞待放
可她却将期盼、焦灼、心痛和不安
流淌成一条汪洋的河流
横亘在我们之间
这一世
要么渡过河去
牵住她的手使她不安的梦境得以平静

要么葬身河中
来世再向她诉说我今生五内俱焚的
心碎与伤痛

心仪的意蕴

别以为“心仪”是一个多么美丽的词汇
给人以想象及向往的空间
比如像吴越溪边浣纱的轻盈
比如大汉边关落雁的沉醉
连同三国月夜楚楚的跪拜和盛唐帝王花园
艳压群芳的丰韵

其实“心仪”是一瓶慢性的毒酒
只要一不小心沾上它的人
就会在时间架起的文火里
煎熬着痛苦着
无力又无望地挣扎着
直至被它用勾魂的那把刀子软软地插进胸膛
直取性命时
仍浑然不觉

“心仪”总是在它妩媚的脸上
极不和谐地流淌着
两行淋漓的
鲜血

花　环

那一年的春季百花吐艳
遍地金辉
陶醉在花簇中的我流连忘返
采摘着世间最美的花朵编织花环
准备把它献给我梦中的伊人

采啊采的
我夜不安寝食不甘味
但终了还是未能将那只花环编好
正焦虑时
那种名叫“黄瓜鹿”的鸟儿
声声紧逼地呼唤着
“麦黄杏黄，秀女下床”
这叫声像一团烈火
瞬间就将我烧焦了
我痛苦地吞下花瓣
梦一般地死去
尸体被封冻在一座寒冰的山谷

千年的风霜蹒跚而过

我用不死的信念融化了身上的冰封
复活了
徒劳地捡起前世那只枯萎的花环
花瓣已经飘零
痛心着，无法再将它们编好
恰在这时，女神来了
带着阳光般的微笑和爱抚
而我却已麻木
不知道该对她说些什么
读懂了我落寞的女神
拉着手告诉我
外在的花环虽然是世上最美丽的
但在她那里却不名一文

我只要你历经千年寒冰之后的一滴泪水
傻瓜，你知道吗
它才是世界上最珍贵的
让它滴进我青春的旋涡吧
那我们将青春不老容颜永驻
女神期盼地望着我
而我已然
热泪盈眶

我心澄亮

把女人看作一湾清溪，是个
拾人牙慧的隐喻
历来，为我所鄙视
见到她时，那份滢滢的沉静
和明媚
还是将我导入了，对水感觉的
窠臼中
陶醉于她的清丽与温馨
我把自己的不堪，一再删节
还是遭遇她可怕的冰冷
与锋利
哦，原来这水的背面就是冰
隔着一杯茶，她终究走出了我的视线
消逝了。仿佛一团雾，这水
蜕变到自己的极致
朦胧而感伤
别人读到的，是一滴泪的平淡
而我，像个虔诚的沙门信徒，陷在
她的一片汪洋中
心，忽然澄亮

一只白鹤

童年的梦中，我捕获了一只白鹤
小心翼翼地，放养在故乡纯净的山水间
她是我
心中的王

每天，她都用仪态万方的步子走路
君临天下的神采让人心动
秋天般的舞蹈
又令人迷醉
每天，我都用尘世最美的诗心喂养她
寒去暑来从不间断
一任身旁那颗大树上
几只得势的鸟儿，走马灯似的
尽情聒噪

渴望，有朝一日
白鹤能带着我的心振翅高飞，飞越红尘
等了许久，她还是飞不起来
盯着它
看出了她的痛苦和无奈

这几年，当我偶尔远离时
她误食了尘世的
喧哗与浮躁
唯一挽救的办法是
祭坛上，剖开我的胸膛
用那颗跳动着的心，将她身上的俗气褪尽
并将碧血化成彩虹
架起一条
白鹤腾飞的天路

哦，这之后
尘世将听到天籁般的
九天鹤唳

暗　伤

用一望无际的澎湃压迫我撞击我
又以温柔和彩贝媚惑我
站在岸边
膜拜着海的博大与深邃
以及不朽与腐朽
静寂中
却听见它的叹息：
咱们的遗憾是同样的
都无法在灿烂的阳光下
捧出自己
心中的月亮

那年花开

土墙绵延，有些许缺口，围成了校园
和几座简陋的教室，相望着
呼应成田园的味道
仿佛一只蝴蝶在花圃里穿梭
白裙子的女教师正和一群欢闹的孩子
做游戏
眸子，纯洁而明亮
溢着幸福
有清溪，潺潺流过我的心田
哦，尘世间，最后的一方净土

这景象，一杯茗茶似的
甘冽，清香
多少年了，一直在我心头滋润着
恍若隔世的梦
那时，操场边的那株桃花正开得灿烂
它也成精了
不论春夏秋冬，寒暑往来
在我心里
一直开，一直开

第三辑

家　谱

送寒衣

送寒衣的日子来了
跪在祖宗的坟前，忧愁又起
有坟的好说，那些更远的
甚至连个土堆都没留下的先人啊
该去哪儿，我才能将这些纸做的薄衣
送到你们渐冷的手里
也许，阴间的世界远比阳间的要温暖
不过，纸钱我会多烧一些
烧掉上辈子，你们落在尘世的凄惶

再烧一卷我写的诗集吧
在世间，它已找不到自己的知音
在冥界，却可以治疗你们的心寒
小时候信誓旦旦。梦想着
将无限荣光，太阳一样照耀你们的坟头
可知天命之年才发现
做一个像你们一样的俗人真的很好
后辈的血液中，就不会奔涌，阵阵的
惊悸和不安
他们将竭力招安

背叛的命运，并谦卑地与
反目的尘世讲和
静下心，守护好那座
风雪中的山神庙

家　谱

抖抖索索
父亲从供桌的夹层中
摸出一张发黄的家谱
一个个平淡的名字
沉默着卫氏一门十代人，庸常的族史
既没靠上西汉大将军卫青
显赫的荣耀
也未沾上东晋卫夫人
绵延的文脉
你二爷参加国军，中条山战役被鬼子打死了，没后
父亲说
你三爷糊涂，反对土改时的农会
被枪毙，也绝种了
话一下子把天都说阴了
我心头袭来阵阵寒意
一只蚂蚁在院子里忙碌
它是勤劳的，也聪明
早早就解读出生命的意义
惊雷似乎从遥远处传来
声响里带着一丝哀恸

故乡这静谧的田园时刻
我胸腔内突然撞进一些疼
这疼还冤魂似的
在一拱一拱
抚摸着胸口，在家谱暗淡的一角
默默地，我写下了自己的名字
一个终将
朦胧的符号

南坡子

南坡子是块宝地，爷爷说
可惜他没条件去开垦
就荒着
看见父亲有好几次在那徘徊
终因力不从心
它，就继续荒着

现在，我来了。带来半世的风雨
以及心头的那个
不死鸟
准备在这儿搭三间草房，开几垄地
一垄养菊，一垄栽桑，还有一垄种麦子

再养几头牛和羊。暮色黏稠时
让它们陪着我
看东山的月亮，一点一点
圆起来
又缺下去

遗　言

每天，天空都费好大力气把太阳从山那边
吐出来
把尘世清扫得鲜鲜亮亮
像个孩子，充满生机
每天，我们都会定时打开医院的窗户
让阳光爬进来，暖暖地
融在母亲的身上
但母亲还是日渐枯萎
就像冬天树上的一柄枯叶
欲坠未坠

疾病是一把刀子
把我们的希望和缘分，越割越短
那一日，母亲突然从沉沉的昏睡中，醒来
像从生命邃道的尽头返回
望着床前的我们，许久
低低地，疲惫地说：
你们不要难过
人到这世上，就是吃苦来了
苦难吃完了

也……
就……
该……
走……
了……

听后惊异
母亲这话
该是由佛来说的呀

祖宗的坟

洪洞大槐树，是源头
我的家族是一团苦水，从那儿
泄了出来
祖先们筚路蓝缕，个人最终归宿
却不甚了了
仅在故乡王官谷
曾祖父的坟，土坷垃似的
丢在村西竹园里
祖父的，葬在村南山坳里
母亲的坟，在村东稀树岗
那儿，荒远又贫瘠
父亲的，将来肯定在村东
陪母亲

清明节上坟，好不怅然
祖宗们坟头，本就平常
还分散着，像苍天随意扔在地上的
几块乱石
一如他们生前

凄惶的窘态

且我的坟茔
该随何处？

家　训

没上过学的祖父
每逢阴雨天，或者
有片刻农闲
都要搬着那把老旧得有些破损的圈椅
戴上老花镜，拿起一本历史或是动物学
饶有兴趣地读起来
是那种一字一顿，出了声地读
祖父就像供桌上那只有些年头的
黑色陶罐
泛着一种特有的光泽
古朴，纯净，令人心动
常常，他误读或错读出一些奇怪的字音
常常，他谦虚地向我请教
这是一个什么字，讲的是啥意思？
你识字不多，为什么还要读书呢？
那次，我没能按住自己的好奇
书可是个好东西，祖父说
要是肚子里没有书
那，做人的分量可就轻了！
这话，雷声般隆隆掠过我的心田

连穿越墙院的风，也微微怔了一下
我听见
一条沧桑河流
死不瞑目的心跳

小心，把路走正

把目光从书上拿开，探询地望向他
恰在此时
看见不满周岁的儿子
正把一种奇异的眼神投向我
仿佛注目于一个隆重的历史节点

他一把推开了蹒跚学步的三轮车
举起圆嘟嘟的小手
脚步踉跄，紧张而快速地朝我奔来
他的眼里满是兴奋、惊讶和不安
满是喜悦、冲动和期待
短短的五六米
却恍若人生的百十年，使人心惊而胆战
终于，这神奇的旅程结束了
这是孩子迈出的
独立人生的第一步
抱着他，我们都激动不已
思虑良久，还是不知该给孩子说些什么
人生的路的确很长，也很坎坷
既然起步了
小心啊，把路走正

外公的石头

外公停下脚步
盯了许久
弯腰捡起山谷里一块紫红色的石头
这可是个宝，外公说
然后把它交给我母亲
小心翼翼，敬神似的，母亲珍藏着它

母亲去世后
搬起那块石头，儿子在院里吭哧吭哧砸了许久
企图打开里面的宝藏
但，只砸出几个白点点
妈呀，这家伙还臭硬臭硬的，儿子说

我盯着那块石头
隐隐约约
里面呈现出一幅神奇的影像
一个硕大的脑袋上，毛发耸立
身子却很消瘦
像人又像猴子，惊讶似的，拄着一根棍子
空洞的双眼

茫然地探向远方

人类的童年啊
我惊悟
并依稀看见外公蹒跚的步履及母亲
伤心地哭泣
我一头拜下去
突然感到
人
离天原来这么近

父亲的葡萄

周日，回乡下看二老
满怀喜悦的父亲端出一盘葡萄
这东西让我吃惊不小
平日，在城里见到的那些宠物
如珍珠，类翡翠，似玛瑙
串串晶莹夺目，它们一如得道的狐狸
多少要施展些诱惑的勾当
令人心旌神摇，免不了馋涎欲滴
突然就把持不住那份矜持
可再看看父亲的葡萄，又小又丑
中间干瘪，几不成串
看我一脸茫然
父亲笑着说
你见过的葡萄都是大田里生产的
那里肥多，水多，阳光多
可咱这葡萄是南墙根的石头缝里长出的
缺少基本的养分和阳光
还能结出一些内容，已属难得
不过，父亲强调说，咱这葡萄脸面虽然难看里心却特甜
这话使我不觉心里一惊

眼泪滚涌着
跌进父亲抑或这葡萄
辛酸四溅的烟尘中

关于经典的误读报告

读书是一种非常美好的行为
它能让人的心灵像鸟儿一样
在远离尘世的另一片天空
自由翱翔
清晨正在书房对书入神
妻子却不识时务地进房打扫
我不免眉头一皱
妻子反唇相讥
圣人如毛泽东者就专在闹市上读书
呜呼我有些悲哀
经典并非人们行为的唯一规范
更不能像一把尺子一样
让人亦步亦趋
所以经典的含义是深刻的
但也是无奈的
常常
它无法解释出人们所需要的
全部意义

缺　憾

“狗啃骨头人抽烟，牛吃干草马吃秸”
老人们常用这四大不上膘的俗语，婉转告诫后人
抽烟的无用
“年纪轻轻的，嘴上叼根烟，呼哧呼哧的
能顶馍馍饭吃？”
祖父严厉谴责的语气，使吸烟这恶习与我们的生活
一刀两断

中学时，有一天突然回家
见祖父慌乱的身后冒出一缕青烟
着火了，我赶忙转过去，替他拍打
红着脸讪笑着，祖父拿出捂在手心里带嘴的香烟
“我以为这烟多好抽呢
嗨，苦瘪瘪的，一点儿都不美”
相视着，彼此仿佛都感觉到了什么
忍不住笑了

再后来，二十多年了
每每清明节

祖父的坟头，我都会为他燃起一根香烟
弥补他
尘世的缺憾

秘　道

心底的痛，仿佛一种秘密，被我们
悄悄藏匿
从不轻易示人
出事前，二弟发回来最后一条短信：
“我想回家”
没人知道，这是阴阳相隔时，苍天给我们透露的
最后一条谶语
十年了，我依然保留着他生前的那个号码
就像小心翼翼地保留着一个巨大的秘密
我知道，这是联系天各一方兄弟的
最后一条秘道
思念像海中的波涛，一涌再涌，铺成万顷伤痛
煎熬中的我，一直渴望着
在午夜梦回的时刻
能拨通这个电话，听到二弟来自天国的
开怀的笑声
并对其诉说我这些年，在尘世中，越来越多的胆怯和困惑
也越来越多的焦灼和无奈
还请他，像从前一样
用那颗火热的心，替我把长夜的曲径照亮

并帮我推销出
我胸中，至今无人问津的
万千河山

母亲的关公

血光四射的搏杀中，是勇武和忠义的烈火
把关羽羽化成一尊
神祇
慢慢地浮出时光的水面
又慢慢地潜入世人的心间
仿佛一坛秘封的陈年老酒，世代发酵

和今天车上家里商店里到处都闪着金光的
关公神像不同
四十年前，家里被贫困压迫得气喘吁吁
母亲却神话般地化腐朽为神奇
竟积攒了足够的财力
请来了一尊锈迹斑驳的关公神像
那神像庄严着，被郑重地安置在上房的供桌上
放射着青铜的光辉
如同对儿女的呕心教育一样
对关公的敬拜，也成为母亲人生永不厌倦的
功课

时光荏苒，三十年弹指而过

一天文物贩子闯进家门，瞧见了供桌上的神像
幽幽的眼睛立时起火
他以十万元的高价苦苦纠缠
母亲却满脸正色不容商量
我明白，母亲的心中神祇无价

当夜，在母亲突感不安的睡梦中
神像被盗了
母亲长跪在空洞的供桌前
三天三夜，失魂落魄
我们协商着，再花大价钱请一尊上好的神像
弥补母亲心头的空白
但母亲阻止了，她说
那神像还好好的在供桌上呢

望着神像被盗后留下的空白
脑子也惊得一片空白
百思不得其解的我们，后来终于明白
真正的神像
是坐落在人的心头上的
而并非只在供桌上

前世今生

缘是佛法里的圭臬
诸事皆因缘而生
他们本是一对冤家
各自都历经了日月的熔炼
后来，是缘
让他们变幻成神庙钟楼里的一对钟和棰
那棰整天将钟击打得面目铁青，嗡嗡痛哭

岁月一闪而过
一天，神终于注意到那口被棰
击打得有些破败的钟
神安慰说：知道你今世受够了委屈
下世就让棰来做你的儿子吧
钟幸福地破涕为笑

风雨沧桑
他们终于蜕变为人世的父与子
不过，钟的幸福尚未溢上脸庞就惊异地发现
神的好心也有犯错的时候
作为父亲并非是对人生的一种奖赏

前世，他被击打的是身体
今生，他被击打的却是灵魂

他看到今世的自己
心灵，在被儿子无数次不停地撞击后
那股浓浓的，缓缓流淌的
辛酸和哀伤

如　铁

祖父是方圆百里出名的铁匠
他把铁块烧得通红
伙同徒弟用锤子
叮叮当当，音乐似的，将铁里的杂质敲出
锻打成各式让人称羡的器具

常常，对着一堆人们送来的铁块
从不急着动手
一锅接一锅地吸烟
眼睛却死死地盯着它们
仿佛怕它长腿跑了似的
有时，他还用手掂掂某个铁块
扔回堆里时砸出一声脆响

“你要把铁块吃透
能掂出它的成色和来路
晓得它值得配什么东西……”

祖父对徒弟说的话
像一块屡试不爽的试金石

多少年了
我至今还在用它
甄别
社会各色人物的质地

身上有双飞翔的翅膀

隔壁小翠都会开车了
我的同事娜娜也报考驾照了
饭后看似无心的闲谈中
妻子已燃起一双殷切的眼光
那驾照现在越来越贵了，不考也好
看我没有反应，她便讪讪着解脱自己
一会儿她终于还是按捺不住，用目光再次烧着我
教我开车吧，只要会开车就行，不要驾照
我忍了再忍才将泪水摁进眶里
爱人啊，这几年我们在尘世间遭遇沦陷，几近全军覆没
有时，甚至故意无视生活赐予我们的暗伤
但我明白
在你没被压垮的躯体里
一直长着一双渴望飞翔的翅膀

心一下一下痛起来

酣睡中被一阵手机铃声生硬地刺醒
我的父亲不在了
那头传来朋友凄凉的声音
得的肺癌
走得很坦然……
知道他正悲伤成一片海洋
心莫名地痛了一下
又暗自庆幸苍天对我的眷顾
让父亲还精神矍铄有滋有味地活着
但接着想起父亲年轻时
在家里一言九鼎不容置辩的神采和语气
再联想到今天
和我说话时明显的谦恭与依赖
那神情
那语气
使我刚刚还暗自庆幸的心
又一下一下真切地
痛起来

未见真佛

一直害怕着。但还是来了
五十岁生日
家人殷殷地祝福
我大醉
仿佛一下子回到童年
站在老人们口口相传的那座神殿前
门却紧紧地关闭着
任凭我怎样真诚地呼唤和努力，始终
没见到佛的真容
那把，传说中能斩断人间不平事的宝剑
更无从获得
恍惚间，半个世纪就水似的
从指缝中溜掉
岁月将我侵蚀成
庙前一座斑驳的钟

能将它撞响的那个人啊
你在哪儿呢？

种太阳的父亲

坐在土炕上生病的父亲消瘦了
一起消瘦的还有父亲嘴边的话语
如同窗外那株霜打的菊花，日渐低沉
夜幕就要降临
刚才还懂些羞涩的暗
现在开始放肆地张扬起来
这时，我突然看见父亲眼睛里放出一团从未见过的
异样的火
立时就把屋里的黑烧亮了
他开始检讨自己的一生
就像一个犯下了错误，满怀愧疚的小学生：
苦干也穷干了一辈子
没能像张家的父亲，在县城为官权倾一方
也没像李家的父亲，做了老板富甲一方
甚至没能像刘家的父亲在矿上混了个工作
村里面也人五人六
……
随着眼光黯淡下来的还有父亲心头的期望

但父亲，你不要过于自责，我想告诉你的是：

你的一生并不清贫，也不落魄
你给了我一个辉煌的世界
也给了我一片湛蓝的天空
还给了我一双勤劳而又灵巧的手
这就够了
况且，你种在我心头的那颗太阳
那颗世上独一无二的太阳
已经浮出海面
就要冉冉地升起来了

母亲十年祭

整整十年了，母亲
你驾鹤西游前往天堂的路上
是否也像人间一样坎坎坷坷
写满辛酸？
我们惶惑着
无法了解你逝去时的苦痛和逝去后的心愿
今天只好站在你的坟前
负荆请罪
将自己燃烧成一炷
虔诚的香
期望
通过头上缭绕的烟雾
读出你在天堂的笑容和
期盼

这梦要是真的，该多好

建筑工地上盖楼的弟弟，一直渴望
有城里人一样的房子
“哥，我梦见自己在城区北郊早就有套房子了
这些年忙碌，竟把它给忘了”
夏日午后，暴烈的阳光下，弟弟在工地灼热的沙堆上
做了一个梦
汗水在他土灰的脸上冲出无数道沟渠，蚯蚓似的
晓得弟弟的梦里，有生活的痛楚和远方
也有丰收的喜悦和期待
但，贫困如一条浑浊的河流
蛮横地穿越他梦境的全部，淌下心酸的基调
“这梦真美，要是真的该有多好!”
电话那头继续传来弟弟的呓语
我眼睁睁地看见了
他梦中的幸福
一时语塞

那扇门

偷卖了祖先坟头的那棵大柏树后
堂叔遭遇的风波
远远超出了他的预测
据说，那是家族的风脉树
有些灵性和神圣
好多年了，堂叔就像野地里的孤魂
被村里的本家们
一一拒绝

春节回到乡下，刚进门
就见父亲眼睛里闪着些异样的，又有些
温热的光
院子里萌动起花开的气味
走，看看你堂叔去，他病了，有段时间了
父亲说。他家困难，你可多拿些钱给他
霎时，有电流袭来，心突然就热了
仿佛同一时间，这电流也传至我的眼睛
你不在意那件事了？我笑着
事情都过去这么些年了，父亲也笑了：
人，总比物要金贵些

在世俗冰冷的壁垒中，我看见
父亲用那颗包容的心，打开了
一扇亲情的门
这阳光，哗啦一下，就涌了进来
门里门外
一片灿然

第四辑

苍穹下

泥　哨

是寂静
把山村的夜色涂得更暗
童年，晚自习后
我都会使劲吹响一只泥哨
为自己壮胆，当然也是呼唤——
听到哨声
不论在哪儿
家里的黑狗都会迅速赶来
围着我兴奋乱窜
旷野里，我们幸福地相拥着
像一对久别的兄弟
弹指四十年
在老家，偶然发现那只躲藏在墙角的泥哨
捧着它，就像捧起童年的心跳
爬上村前那座山岗
对着旷野
一个人默默地，吹了又吹
力图唤回记忆中的那些时光
寂静吞噬着万物
唯远处的风还在匆匆覆盖着往事

心头突然一惊：
吹得再响
也回不来了

牌　坊

那是清朝，蒲坂姚温村前的官道上
人们用圣旨、劳役、砖石和汗水
为尘世的偶像
修建了两座贞洁牌坊
一座石的，一座砖的
它巍峨的样子和精美的造型
连同百余年的风雨沧桑
已物化为历史
遗落在大地上的一截感伤
触目而无言
两个年轻的女人
为了某种信念
狠下心，掐灭了身体内的激情、欲望

与青春的火焰
坚定地走向生命的寂灭
也走向了道德的高标

手抚冰凉的石柱
羞愧，突然冲上我的脸颊

精神的高地上，也有座直插云霄的
贞洁牌坊
可尘世间，我却不得不头插草标
站在街头，日日叫卖

向死而生：在王官谷

波涛汹涌的大河
我的身体毫无指望地在向下沉沦
而灵魂
早已翻越身体的樊篱
浮出水面
在月夜
在王官谷
在司空图休休亭的雕像旁

也曾心雄万夫在词语的帝国
对着诗句的山河指点江山
不料想它们竟硬生生地将我打翻在地
趴在诗歌的门槛外
我羞愧得失声痛哭

向死而生
只有脱下沉重的躯壳才能完成
灵魂向上地腾飞
我决然抽刀割断身上的脐带
解除自身爬行的姿态

向尘世交还了生命的盔甲
我死在王官谷炙热的夏天
却复活于诗歌
金色的秋天

西厢的戏

普救寺有些邪乎，在地下，不知怎么
就埋了一团火
到这儿的人，心，突然就被点燃了
热热的，自持不住
仿佛登临舞台
只听锣鼓铿锵，音律悠扬
他们旋即进入剧情，出演了
西厢记中那一刻的主角
错把别人的戏，当成自己的
还一遍遍地唱
不能醒来

说与故乡

不管不顾的，溪流在天柱峰两侧
撞出深壑
将一对耀眼的瀑布挂在山间
哗哗地发出呐喊
二龙戏珠啊！不止一位风水先生感叹这儿的
王者之气

咱们王官谷的气场大，祖父告诉我
古时商队，深夜穿过时，常会听到
大自然焦灼的呼唤
“起——起——”
昨晚，在山谷中，我做了验证
大地深处的声响，果然使人骇然
趴在巨石上我哀哀恸哭
年近半百了，却还醉在童年时的一场梦里，没能醒来
行军需要准备的粮米还在寻觅中
征战的剑戟却一再生锈，尚须打磨
故乡啊，请你再宽限些时日
待我整理好自己
再与尘世一较高下

苍穹下

小时候，在村里看到头顶偌大的天空和那些
数不清的星星
很是骄傲
大些后去县城，见到更大的蓝
有些困惑，好像这里的天，比家乡的确要大些
赴省城后，瞧着一望无际的蓝色苍穹
就听见心头怯怯的声响
从北方飞到南方，想想外边还有一个偌大的世界
偌大的宇宙，简直有些灰心
终于明白：在大自然面前
人，永远都是井底之蛙
世界越大，人的胆就越小
回望来路，我生命的小舟之所以没在大海中
沉没
是因为它有块沉甸甸的压舱石
那就是小时候，在山巅
我看到了故乡天空上的蓝
那种尘世
独一无二的蓝

到虞乡

我要到虞乡去了
那是外婆的家，我的母亲就住在那儿
其实，我并不知晓它在哪儿
只在梦里去过那儿，童年时母亲在耳边悄悄地告诉过我
我要去那儿了，我要找到外婆，就能看望母亲
什么，要经过几条大河？
告诉你吧，我已学会游泳了，不怕呛水了
还要经过大草原？
就是经过一望无际的平原也好
那可是大风景呢
还要经历大沼泽？不怕
没看见手里拿着一根棍子吗？
我会小心去探路的，而且另只手里还握着一柄宝剑
它能斩下蟒蛇的头，会刺穿水鬼的胸
过后还有许多座大山，呵呵
告诉你，那可是我的强项
不知道我是山谷里滚大的石蛋蛋吗？
山上有神庙更好，我正想看看仙人们住的地方呢
可能的话，还想向他们请教一些心中的疑惑
别说那么多了，即使要越过波浪滔天的大海也不怕，即使

葬身鱼腹也不可惜
请你告诉我外婆
我已死过一次了，尸体在冰山里封存了好多年
现在活过来了
我已走过胆怯、困惑和稚嫩期了
我胸膛里有的是强健、勇敢和追求
还有一大把一大把幸福的阳光
呵呵，我就要到虞乡去了
就要看到母亲了
就要看到她给我找的那个
青春似火的女孩了！

两亩园

山脚下，文友置办了一座两亩大的园子
搭了数间柴屋，种了遍地瓜菜
门前有古道，有小溪
有暮归的牛羊以及散学归来的孩童
幽幽的古韵，一下子就蒸腾起来
闲暇时，约三五个文友神聊
恍惚间，仿佛回到了东晋
置身园内，心头突然一震
这岂不是一个袖珍版的世外桃源
抬眼望去，南边那座厚重的大山
立时就压住了我心头尘世的浮躁
如果再能把我身上的欲望和贪、嗔、痴等等
多余的东西全部清除
我就有望
从这烦人的红尘中
全身而退，不思归返

乡　愁

恍兮惚兮鸿蒙初开
一点儿
小小的一点儿
若隐若现
似有还无
但这一点儿在慢慢地浮游着飘荡着
慢慢地聚集着长大着
像家乡溪水里一条快乐的小蝌蚪
亿万斯年过去了
直到有一天，人们突然发现
这一小点儿长大了，大得可以铺天盖地了
到处都充盈着它
到处都能触摸到它
像溪水像大山像小草像露珠
像父亲紧握锄头的铿锵
像母亲唤儿暮归的急切
它无处不在
却又似乎什么都没有
它即在自然界里
也在我们的内心里

当我屏息静气凝神谛听时
听见了它怦怦的心跳
乡愁啊
你这诗的魂
你这歌的魄
就这么永不停息地跳动在千载史册里吗？

石面人

究竟是什么原因，才让你痛下决心，将自身
藏匿在天柱峰下的石壁里
亿万斯年了，你寂寞地守候在这儿
凄苦的面庞上头发凌乱
一双忧愁的眼睛把尘世也望得苍茫
在期待着什么呢
我轻轻地问话你不回答
但分明听见你怦怦的心跳和越来越
压抑的呼吸
隐藏在石壁里的石面人啊
要用多久，你才肯在天空中
找回自己那颗走失的魂魄
满怀幸福地重返
久违的人间

故 乡

不是故乡在我的思念里
而是我的思念在故乡里
故乡是永恒的
她没有过去也没有未来
她只有永远的现在
故乡是无垠的
她无处不在无所不包
世界的一切都在故乡的无垠里
广延着生长着永恒着
历经了多少个世纪的沧桑
她那波浪般平凡而苦难的历史
直到现在才荡进我的耳鼓
听到了她无助的呐喊和
伤心的哭泣
我的心
尚未来得及为自己伤悼
却已在她的呻吟中痉挛、死去
故乡啊

来自村庄的秘密

午后，麻雀们在树上制造着喧哗
牛闭着眼睛
把往事反刍得一塌糊涂
天蓝得空洞，将村庄也弄得有些茫然
土墙根的黑马不住地喷着响鼻，趵着前蹄
发泄着骈死于槽枥的愤慨
唯那株业已干枯的千年古槐还在酣睡着
从容地收藏着流逝的时光
历经多少世纪的风雨了
还能有什么更让它心动的呢
枯干上的几枝新芽却在不经意间泄露了
生活的秘密：
一切皆是身外之物
活着就好

时光打了个弯

一截枯槁的躯体，茶一样
泡在阳光中
怎么也舒展不开
等于一个卧床的病人，已走到
希望的尽头
村子里，春节热闹红火的锣鼓
血似的，从耳膜注进了他的躯体
立时，眼睛就放出光来
立时，就让儿子扶起他蹒跚的脚步
越走，越见精神
看了会儿锣鼓训练，一口气，他吞下半瓶白酒
夺过后生的鼓槌
轰隆隆地敲起来，仿佛大地在他面前
一寸寸震裂
仿佛一尾行将干枯的鱼儿，回到海中
眼前，是一望无际的蔚蓝
这鼓声隆隆着，又仿佛是一团火，在他身体里
烧起来
烧掉了身上的病痛
烧掉了心中的落魄

同时也烧出了他，藏在骨子里的精气神
直敲得手腕发麻，全身发酥
被谁抽去了筋似的，他
一屁股
瘫在地上
人群惊骇，围拢时
他哈哈大笑：我又活过来啦
时光如风，生命如水
只是，有时突然间
在我们想象之外
它打了一个弯
让人愕然

北方响器

瞧着其貌不扬，吹起来却很嘹亮。内有神性
调子哀怨，温婉，如泣如诉
有时也让人荡气回肠
仿佛灵魂在嘶喊，在歌哭
村子里死了人，都要请班好响器
在吹鼓手略带夸张的演奏中
家人的魂，就腾云，就驾雾，就穿越了阴阳的分界
一把抓住逝去的亲人，相拥，相笑
相互诉说心底的伤痛与不舍
就在这响器的抑扬顿挫中
活着的人，死了
死去的人，却活过来
尘世的一切缺憾，不如意，在那些
响器的呜咽里，都得到神的
抚慰和恩赐
爱权的为王，爱财的赚钱，爱美人的拥娇娘
一切都圆满了，一切都尽如人意了
仿佛这响器就是一辆巨轮，隆隆驶来
将人间所有不平，坎坷和委屈
统统碾平了，熨展了

人们在这响器金黄的声响里
搭起了阴阳交融的舞台
直把尘世过客的故事，演绎得
真真假假，颠颠倒倒

望乡台

村里人，咽下最后一口气
魂，就雾一样飘离身体
屋里，搭起灵堂。家门口
挂起灵幡
那是尘世的语言，在哗啦啦地
呼唤亡灵
旷野的山岗上，人们挖一座墓
替逝者，建造新家
墓成，亲人们坐在坑穴内
用身体的热气，用酒，用烟火
为逝者暖窑
把人间最后的温情，留下
三天后，灵前的院子里
搭起望乡台
一张桌子上，放一把椅子
椅子上，放着逝者生前的照片
周围香火缭绕，仙气氤氲
跪在下面的子孙，用哀伤
将肝肠哭断
逝者足踏仙云鞋，手扶登天梯

魂儿梦似的，缥缥缈缈着
升入天堂
这之后，躯体被埋进坟墓
为尘世的亲人，留一个
魂断的山岗
多年以后，这山岗上的小土堆
又被风雨抚摸得
坦坦荡荡

那把鞭子

仿佛和虚无有仇
广场上，矮个子男人瞪着充血的眼睛
一下一下，将鞭子狠狠地甩出去
脸上渐渐浮现的神色告诉我
那个隐形的仇人，被他
抽得体无完肤
哦，鞭子。尘世间最具灵性的东西

童年，生产队的牲口棚旁
车把式威武地将鞭子一甩
被呼叫的骡子或马匹，中魔似的
乖乖地跟着鞭子走出来
被戴上笼头，套上绳索
拉车，出力，流汗。最终活命
羡慕，旗帜一样，高高插在童年的心坎
期待，拥有一把鞭子，此生也做
牛马骡羊的驭者

几十年过去了，始终没弄到那把
神奇的鞭子

突然觉得，自己反倒像那些骡马
跟在一把无形的鞭子下
循规蹈矩地
出力，流汗，谨慎生存

暗　忖

严寒已打入骨髓
薄凉的阳光下
我戳在村里一群欢闹的孩童中间
入神地盯着那个老人
抖动着一双皲裂的老手
强行将一缸玉米
灌入爆花那口黑洞洞的锅内
接着熟练地加火、搅动
锅内的玉米呀
正经历着一生漫长的煎熬、裂变
之后，满怀激情地等待那个被释放的时刻
咣的一声冲出锅口
爆出惊人的花絮
我沉迷爆米花这一神奇过程
暗忖
倘能如法炮制
将汉字也装进腹内
一番亢奋后
不知能爆出怎样的绝句？

唐朝的牛

是两种火，自然的天火和人头脑中那个
智慧的火
天宇中，偶然碰撞、交融
腾起烈焰，冶炼出
几尊神奇雕像
划亮史册，鲜活地跃动着
哦，唐朝的镇河大铁牛
走过千年风霜，依然在中都蒲坂
徘徊，不肯远去
它激昂清越的蹄声，敲碎了九月的寒露
让我在第一眼瞧见它时，遭遇雷劈电击
眩晕许久，摸了摸自己衣襟下的胸口
还好，心跳还在
魂儿还在

收核桃

民叔背驼，又逢家寒
胆子从小就被贫苦没收了
娶了强悍的民婶，干脆
成了不说话的工具
矿上打工回来，又被急红了眼的民婶
骂上了屋后的核桃树
那树又高又大，结果还多
小松鼠偷食得厉害
“南边那枝的梢头还有”
民婶在下面指东指西
“那枝老了”
“死不了你的”，民婶骂
扑通一声，民叔麻袋一样从几十米高的树顶
跌了下来
民婶清楚记得
跌落时，民叔一辈子终于很男人味地骂了一句
我操你 ×
死了的民叔，终于伸直
弯了一辈子的腰

天　籁

那一缕动人心弦的
天籁之音
是从繁华的唐朝就上演的
在雄关蒲津
在缠绵的西厢
至今余音袅袅
千载萦回
那一曲是一个叫张君瑞的书生
弹给他心中的女神崔莺莺的
那琴声
在寺院在月夜
未做金戈铁马壮
未效缑山鹤唳空
未逞高怀风月弄
却只是儿女低语在小窗中
那是一曲挚爱的蹁跹绝唱
恰如一杯打开盖子的陈年老酒
立时就醉了朦胧的月
醉了迷人的夜
也醉了昨日的我

任他唐诗千卷
宋词万轴
却怎能将我扶起

千年贵妃

在秋天尽情抒写苍凉的季节
我来到贵妃杨玉环的故里
萧瑟的树木呈现着
一张凄然的脸
孤寂，蛇一般
黯然滑过我的心田
静默中，依稀走来盛唐的轻歌曼舞
众舞女簇拥着一朵妩媚的花儿
如歌的灿烂
直到千年后的今天，依然
春意盎然
她的每一次出现
恰如一个从九天飘来的精灵，其绝美
刹那间便摄走了男人们的魂魄
使苦苦修炼了近百年的道行，也在恍惚中
化成一股云烟悠然而逝
不是杨贵妃
因依附了唐玄宗这位高贵天子而名满天下
而是李隆基
因拥有了杨玉环这个世间大美而名留青史

王子皇孙代代有
人间极品百世稀
因为大美
娇若天仙的杨玉环
她不在乎名誉、富贵、权力等等这尘世的
一切杂质
只在乎她的心情，风情和爱情
在乎她随心所欲的酣畅与自由
于是这酣畅与自由
这美丽与风情
便天乐般地不绝于耳，千载回响
于是这回响着的天乐
在后人的心目中
盛开成一朵绚烂的记忆
抚慰着千百年来
男人们焦渴的爱与美的情愫

生我的村庄

费了吃奶的劲，跑了好久好久
当然也跑了好远
终于，离开了那个我梦里
也是村庄许多人梦里，都想
离开的山沟

可现在，几十年过去了
不知不觉中，我确信，又被它找了回来
没搞清它的魔力来自何处
登上村后东坡时，黄昏已欺身
暮霭中，村庄像一位再也忍不住沧桑的老人
缓缓地打开了心扉
我看到了它的辛酸，无奈和不屈
甚至听到它的心跳

生我养我的这个村庄哦
仿佛是一幅铺在我面前的山水画
有些朦胧，也有些古朴
它抒写了自己的厚重与光华
可内里也夹杂一些残缺和败笔

试了几试，还是发现：
这画，只能鉴赏和品味
但，不能修改

第五辑

象　外

无　语

也许是忌讳自己前世的话过多了
前巷王老五，一生下来
就选择了哑掉
有些人则半路上选择无语
邻村表叔，扫盲班里
识得几个字
恐别人小瞧，人稠处
总是滔滔不绝
可谁也没记住他，曾说了些什么
后精神失常，走失
找回时，成了哑巴

年轻时，我也心怀天下
再三对世界进行宣告
一番声响后，一切还是了无痕迹
现在华发斑驳，我已走进生命的秋天
只想将人生斑斓的色彩，冶炼成
心头的黄金
镀亮胸中的深沟与浅壑

孩子成人了，妻子说，你该给他，忠告点什么
努力很久，终未说出一句话
发现，除却心底的回味
我业已
喑哑

象　外

夕阳下，脸上写满沧桑的男人
对着河流
怔怔地愣了半天
那景象，似乎蕴藏着一些
我们看不到的东西

这一次是傍晚，人物是个青春的女孩
她在街头的一侧徘徊
电话中，焦急地说着什么
说着说着
哇的一声就哭了，仿佛有什么心爱的东西
被谁夺走了
脚下的小狗望着她
一脸茫然

在我们目所不及的领域
有许多事情正在发生
它鲜活得让人血脉偾张
常常，它却被什么东西遮蔽了

生活，并不把怀揣的所有秘密
都摆放在你的面前
正如我们胸中的万千河山
其中的陡峭和辽阔，常人往往也
难以领略

那枚乡下的土豆

往城里搬家时，一枚土豆
滚进了供桌下的
黑暗处，像被上帝随手抛弃的物什
按理，它的存在和价值
就此画上了句号

半年后，儿子不经意间从桌下
掏出这枚土豆
叫声里，传出些异样
那土豆，长出水晶般的枝芽
曲曲折折的，仿佛虬龙伸展的爪牙
又仿佛为无望的世界抒写的
生命的奇迹或神圣

躺在黑暗和孤独中的那枚土豆
不相信自然的命数
硬是在绝望的境况下
倔强地
活出了，我眼中的热泪与
心底的震撼

城市的声响

是挖掘机的轰鸣切割机的刺耳
及救护车的慌乱——
咣哩咣当
嘀嘀嗒嗒
这些象声词实在太贫乏了
它根本无力展示
突然撞进我耳膜的
城市的声响
尤其是农民工们
汗水和泪水砸在地上
苦难地呻吟

这些声响全被阳光遮蔽着
在脚步的匆忙中
一不静心
就被虚无淹没

乞讨者

真不知晓
他身上曾发生过怎样的故事
但有些神秘的氛围，绕着他，在弥漫
我情不自禁地走近他
一个乞丐，蓬头垢面，语无伦次
他目光呆滞，面对人群时总淌着陌生和胆怯
像一个失去魂魄的空心人

深秋了，大地凝寒
他肮脏而又发臭的外衣下
还是夏日单薄的短裤
路旁，一座工厂冰冷的墙角
他安下了窝
每天，不论流浪多远，他都会在日落前赶回来
每天，他都会幸福地为窝里带回来些
红的绿的黑的白的
——那些别人抛弃了的旧衣物

它，显然成了某些人眼中的垃圾
一天，这堆东西被有些人一把火烧得干净

面对灰烬
我看见乞丐绝望的眼神有些熟悉
恍如我苦难的前生

看，我有钱

酸奶店出来。打开盖子
往常一样，我准备享用这，一天中的
惬意
突然感觉，有异样，从身边传来

哦，一个衣着褴褛的小姑娘
不大整洁的脸上，一双眼睛执着地，盯住我
手里的酸奶盒，羞怯而渴望
见我注意到她，下意识地
她伸出又黑又脏的小手掌：看，我有钱

我把十元钱的酸奶递给她
同时，接过了她手中一角钱的钢镚儿
发现，这从没在意过的
硬币中，竟含着让人痛心的
光泽

钓 鱼

独坐岸边
用欲望作钩子
以耐力为诱饵
垂钓静水中的那条清贫的鱼儿

终于咬钩了
是贪念
将鱼儿送上了万劫不复的
不归路
唯保持警醒
才能不囿于自身致命的弱点

千百年了，人们众口一词
总在责难鱼儿的失误
但，对于那个绞尽脑汁
千方百计地给鱼儿设套的人呢

……一条真正的
漏网之鱼

飞进春暖花开的季节

冬天黑着脸走来了
怀里还揣着一柄冷冷的杀机
锋刃上四射的寒光，让万物都胆怯得
胸衣紧锁
颤抖的魂儿不寒而栗

阳光下
紫色的野山菊还在路旁努力地开着
那是大地在死亡之前的
最后一声叹息
一只蜜蜂爬出巢穴，手里仍捏着
那根祖传的鞭子
勤奋地将自己，一把抽进麻木的天空

可怜的蜜蜂啊
在这万木萧杀的季节里
菊花们连生存都在万分艰难着
哪儿还能有诱人的蜜香
快快回到你的巢穴里去吧

漫漫长夜里，做一个长长的好梦
在梦里
飞进那春暖花开的季节

空的哲学

空，一门很深的哲学。它不是空空如也
如虚怀若谷，如海纳百川
它是一种大境界、大情怀
如蝉蜕，不是什么都没有
它里面冲出了灵动，激情和飞翔

人恰好与自然相反
仿佛身上有许多深奥的东西
像爱恨情仇以及不可一世的权势等等
但历史，这个刻薄的老头子，秋后算账来了
一层层，褪下你身上掩盖的外衣
露出体内难堪的空洞
真正的空空如也

常常，我们被表面的现象所迷惑

农夫谣

是谁，把五月的麦田打造成一片动人的金黄
并以此为诱饵
垂钓农夫心头那条喜悦的鱼儿
让他们心甘情愿地弯腰埋头
用那把迟钝的镰刀
一把把将日子割短
也将自己的梦想割光

是谁，抖动着“三十亩地一头牛，老婆娃子热炕头”
这根绳索
按图索骥地将心怀贪念
且不可救药的农夫缉拿归案
紧紧捆缚着，直到
令其累死在土地上，还浑然不觉

又是谁，把麻木这杯陈年老酒
硬生生地从农夫的眼睛灌入
让他们连同那些枯燥的日子，一起慢慢品咂
在品咂中使迷惑、思索、反抗等等
这些有用的细胞全部瘫痪

借此机会，将他们囚禁到庄稼这棵大树上
并让其经年累月作茧自缚

最后一道程序是画地为牢
让农夫们在土地这道藩篱内
安于现状，永生为奴并世袭罔替
任凭清风明月怎样焦急
终唤不醒
农夫心头那个突围的念头

白居易读诗

昨夜，那场早已蓄谋好的
被干渴的大地期盼已久的雨
又藏到那朵云彩中去了
梧桐把伤感的葬花泪，哭得稀里哗啦
小鸟们看不透农人的烦愁
将一片明亮的喧哗
闹得灿然
不识时务的白居易
对着老农就诵读起诗稿
还不厌其烦地征询听后的感受

没看见吗
我的心都碎了
哪里还能听出什么诗的韵味

秋末，在知青农场

深秋，黄昏，暮霭黏稠
我来到一座废弃已久的知青农场
夕阳已老眼昏花
睁圆了，也看不清农场破败的模样
一任歪歪的斜塔孤独地
戳进夜的苍茫
寒风徐来，蒿草摇曳
月光悄悄地爬过荒凉的窑洞，不肯留下
一丝声息
唯废墟上的那个瓦砾堆里，一只秋虫还在
无望地哀鸣着
想唤回夏日的繁华
脚下缓缓流淌的涑水河
像一只沉默的笛子
横在长夜无奈的唇边
伤心地
欲说又止

悼骡子

猛一看像驴，细一看像马
其实，这东西就是那个类驴类马
又非驴非马的骡子
含辛茹苦一辈子，像一群
在历史光环背面劳作的苦役犯
披星星戴月亮，流尽了身上的血和汗
只因形迹可疑的前世血统以及来历不明的
今生身世
就总被人们耻笑着诟病着
始终没缘分登上墨客们的
大雅之堂
不是么
我曾翻遍史籍，始终未找见
有关骡子的
半点文字

转圈儿

北方的旱原上有棵孤独的枣树
树下，一群执着的毛毛虫
一个跟一个屁股列队前行
它们有着同一的容貌，同一的动作
整齐划一得就像同一个模子里压出来的
走着走着，领头的一个带着队伍
跟上了最后一个的屁股
走成了一个圆圈
于是，这些毛毛虫围绕这个圆圈
持之以恒地转了起来
像黄土塬上睁起的一只探望人世
却有些迷茫的眼睛

这真是一个天大的悲哀
习惯和信念，让它们失去了个性，自由和思想
一代接着一代
在古老的传统和信条里转着圈儿
徘徊着直至老去
这期间没有彷徨

没有呐喊
甚至缺乏那份
仰望星空的温馨与幸福

旷野里

旷野里，万物都被春风灌得，脚步踉跄
蝴蝶和蜜蜂，更是
语焉不详
只在醉意的天空，放纵着翅膀
柴扉外，见一枝梨花妖娆着，爬出墙来
有些惊诧
想起因之落下恶名的
红杏，以及
多少有些浅薄的桃花
这年头到底是咋的啦？怎么什么花
都敢出墙了？
正疑虑间，有脚步从身后越过
将那花折枝而去
这情形，突然就篡改了经典千载的全部意蕴
就有风妖妖地刮起，掀开了乱朝的大剧
我，陷入了两难之境
该是上前呢，还是退去？

秋天的影像

冥冥中就注定了我，对秋天的痴爱
无论你，从字典里翻拣出多么漂亮的词句
赞美秋天
都觉得，还是无法完全表达出我的
虔诚和敬仰
秋天定格在我记忆底片的影像是
一尊造化的菩萨，笑眯眯的，慈祥而公允
像传说中的圣母
爱抚中，万物成熟
到处是一派丰硕的景象，喜悦
溢满着大地

秋末，在田野上漫步
瞧见，不远处的一棵小树上
两只青涩的苹果，孤零零地趴在枝头
呆滞着
如同弃儿，望着前途未卜的未来，迷惘
不知所措地低声哭泣
这哭声，像股涓涓细流，一下一下冲垮了
我心中
神像的基座

致新年

我看见新年戴着金色的桂冠
迈着匆匆而坚定的脚步
梦一般的来了

我的饮尽了沧桑苦酒的列祖列宗们
我的流完了勤劳汗水的父亲母亲
我的在远方寻寻觅觅孤独徘徊的兄弟
我的在眼前苦苦煎熬祈祷幸福的姐妹
我的在期盼中的爱人，我的百炼中的娇儿
请天使告诉你们吧
在新的一年里
我要用如椽的巨笔写下伟大的诗篇
让不朽的历史走进辉煌的影像
在新的一年里
我要用排天的巨浪击碎深深的阴霾
让温暖的阳光甘醇的雨露公平地
淌进每个人的心田
在新的一年里
我要唤醒和煦的春风将千万里

如画的美景描绘
让每个人的世界里都春光明媚百花灿烂
在新的一年里
我要令雷神在人间擂响
正义与善良的战鼓
让那些流氓无赖和不学无术的小人都被
统统地荡进历史的尘埃
在新的一年里
我要在辽阔的北方
在雪的世界追寻那万世难寻的雪魂
让流浪着的艺术不再苦苦地乞讨
让高贵的文学昂首走进迷人的王座
在新的一年里
我要在阿尔卑斯山巅和雅典娜一同飞翔
共为人间遍种爱与美的花朵
让那些忠诚、善良、勇敢、守信的人们
都能收获心中的梦想

让酷热的骄阳不再暴虐
让严寒的大地有些温情
让失望的人们重获信心
让破碎的心灵得以抚慰
让干渴的沙漠得到雨露
让迷途的小鸟找到方向
为了实现这一切的一切
我愿意剖开火热的胸膛

把淋漓的鲜血和
那颗跳动的心
作为永恒的祭品
呈献在上帝贪婪的案前

绝味的果子

在历史的长河中漫步，看见一块思想的
活化石
轻轻地抚摸，辨认
哦，是曾经辉煌的墨子
一个高举着人道与科学旗帜的人物
日夜不休，以自苦为极
“兼爱”“非攻”的思想让历史也
熠熠生辉
“天志”“尚贤”的主张，使今天的我也感动得
涕泪横流
但这颗星星陨落了，在历史的波涛中
湮灭不彰
我痛苦，却无言以对

深秋了
荒凉的原野上
所有的硕果都采摘了
只有一棵树上还仅存着一枚被人们遗弃的果子
它干瘪着，一副毫不起眼的样子
摘下来，轻轻地尝了一口

浓郁的芳香如陈年的美酒
让人醉到骨髓
顷刻间，世上所有的果实都黯然失色
哦，墨子
你是否就是那枚在秋天原野上
被历史遗弃的
但却是绝味的果子？

在倾斜

像太阳将激情盛大燃烧一样
他把心沉到那个深海里
扎了根
不能自拔
躯体像被谁饮尽了春天甜蜜的空瓶子
扔在大地上
在风中来回滚动
随波逐流

旋转的地球失去了轴心
世界正在倾斜

四　季

我看见苍老的冬天
鬼祟着
卑劣地企图用一场又一场白雪
掩盖污秽了的世界

我看见风情万种的春天将自身的妩媚
还未尽情炫耀的时候
就被夏天这个不怀好意急急赶来的恶少
逼迫得泪痕满面残红遍地

我看见流里流气的夏天
把太阳的光辉
张扬成自己炙手可热的威势
疯狂而暴虐地蹂躏着大地

唯有深邃的秋天才敢将浅薄的夏日喝退
并透过丰硕的外表
把一行行深刻的诗句

抒写在辽阔的天宇
让风儿一遍遍凄美地吟唱
吟唱成人生怀念的绝句

这不清不白的尘世

感谢苍天，用这晚秋的凄清
为背景，为音乐
让我和你，似梦中
相逢在这人生的岔路口
我已准备好了
足够的沧桑、勇气和爱心
以及你
渴望的半世生活
不意，风云却在你的眉心
瞬间突变
你转身离去的决然
给我的天宇，种下了满满的，痛心和悲怆

梦中的那个人啊
期愿咱们的关系像洋葱一样
在心里，被一层层剥离
从爱人退化成朋友，从朋友
再退化到普通人
退，从相识退到陌生
再再退

直至我的心
在这不清不白的尘世
退到死，无葬身之地

第六辑

我看到了远方

城市是只妖

不同的脸色写着不同的威严，那语调
像炮火，带着呼啸
在城市的旮旮旯旯里飞旋
将耳鼓打得生痛

多年了，我才终于发现
这城市就是那只妖
你无法看清它的形象
但，它的法力无处不在
总是让我失措
并迫使我，日益变得胆怯，焦虑和消瘦

想回我的乡下去
挑起我的货郎担，摇着我的货郎鼓
让满巷的孩子，欢笑着，蹦跳着
追着我，挑拣我货筐里
满满的
纯洁，无虑和远方

我看到了远方

天空蔚蓝。删掉了多余的云彩
只用深邃
廓清尘世关于高贵的概念
脚下大河流淌
静水深流
独自登临王之涣的高楼
天涯路上
阅尽大地的繁华，灿烂及诱惑

我却只爱简单
就像远方那座巍峨的山脉
简洁，干净
连棵杂树都不肯有的峰巅
全是皑皑白雪
闪着青凌凌的寒光

传　奇

关于虎
我不敢说得太多
其实是它神秘而精彩的传奇
我并未读懂多少
孤独与美，是其与生俱来的秉性
血液里，世代沸腾
像烈火，熔炼出一个魂魄
威严且高贵
虎啸一声百兽惊
在深山，在密林
镇住了大地苍茫的一角
至于动物园铁笼子里，那头温顺的大猫
是你尚未解读出的
它的表象
真正的灵光，只在天际朦胧时
偶尔闪现
旷野相遇，试一试吧
仅从它眼中，喷射出的灵魂闪电
立时就能
将你击倒

大风起

大风起
天上乱云飞渡
地上草木挣扎，尘屑腾舞
仿佛天神要荡平这个不平的世界
之后，暴雨骤至

一只湿漉漉的燕子
拼着命，从雨中蹿出
飞进屋内。停在灯口上方的电线上
慌乱中，她瞥见了我
我也读出了她眼中的陌生和不安
抖动翅膀，她朝窗外冲去
咣的一声，头狠狠地撞在玻璃上
一声哀鸣后，又朝另一扇窗撞去

落在窗台上的燕子
仿佛一个憔悴的苦行者
迷惑着，眼里写满了绝望
她看到了那些熟悉的山，树和自由的天空
却独独没看出，通向精彩世界的

那道无形的墙

多少年了，我还沉陷在燕子那声哀鸣中
不能自拔

沉入湖心的云

盯着那把
泛着沧桑光泽的铜钥匙
想了许久
终不解
它能打开哪扇门窗

春天已然过去
那粒被遗忘的种子
该怎样
才能找到
发芽的理由

一生都在向往着远方
而当你真的抵达了
是否重新
四顾茫然？

山的那边也许还是山
但终了
你应当见到海

太快的东西容易消亡
唯有坚韧的过程
才是人类心底的亘古

函谷关

这一处人间秘境
被我藏在心底
不敢翻开
天地间所有玄机
正是在这儿
被老子一一窥破
大象无形，大音希声
它用厚重和深邃
直压垮我
人世所能仰望的高度
在它周围逡巡时，又被怀中的忐忑撞倒
从此不再侧目而视
只有雀儿们不知深浅
把空洞的嘶鸣喊得嘹亮
仿佛高亢的民间唱腔
以为铆足了劲
就能在史册上弄出些许声响
倒是谷中的那条溪流
沉静地寂寞着
不喧哗，不张扬

只用无为
将东周射出的箭镞
甩向历史的靶心
让尘世哑言

神秘的因式

终于分解出来了
它图径曲折，像招安的叛乱，有残缺之憾
但更让我费解的是
它究竟是历史的，还是我自己的？
正在这时，鸟儿不小心把哭泣从草丛中泄出来
仿佛悲情，溢出暮春的门槛
静泊时我读出些玄机
天下的大美，抑或只宜敬仰而不可拥有
否则会酿成心酸
就像那凤凰，本是自然的精灵
为大众所有
可有人却宁以为自己是龙种，把她据为己有
她只能含恨与这个俗世决绝
留下一段朦胧的影像
供后人
哀伤

落在乡间的鹰

仿佛从天而降的一朵云彩
飘落在乡间的十字路口
绝望，血一样，涌上脑门

围拢此好奇的人，眼睛里淌着
贪婪
鹰不安了。拍打翅膀，跃了几下
还是飞不起来
病了，抑或受伤
几条狗也冲了过来，对着鹰，没心没肺地
吠叫，疯狂的样子
让鹰有些慌恐与茫然

广袤的天宇，鹰搏击，翱翔，是信马由缰的神
物欲横流的尘世
它却只是
被吞噬的肉

自然的启迪

大摇大摆的专利，被喜鹊窃取
花园的槐树上
它跳来跳去，像位随心所欲的公主
用行动，给尘世演绎自然的宁静
与和谐
突然箭似的，它展开双翅
扑向山雀的小窝
那些尚未长毛的雏鸟，仿佛一些下酒菜
被一一吞噬

惊骇，颠覆了我心中
亘古的信念
吉祥鸟，不该是喜鹊残忍的遮羞布
也不该是它欺世盗名的护身符
近处，两只大山雀在哀鸣着，撕心裂肺
那声响，把春天的心
嚷得有些慌乱

多么精辟哦
这世界，通过一只喜鹊的行为

淋漓尽致地向我展示了
自然和谐的面纱下
弱肉强食的
真理性
光辉

在常州

身影巨大，有如传说
总在眼前晃动
但我却从未见过你，我见到的
只是你的名字

在常州，在这个繁华的城市
先贤苏轼生命最后的光芒
是在这座故居中黯淡的
在苦苦吞下千年的风霜后
仿佛一个殉道者
这陋舍还寂寞地挺立着
面目沧桑
蹲在那座文化的高地上
只给后世讲述孤独

现在，我一个人在院中徘徊
害怕撞了你的魂魄
有些忐忑，也有些幸福
那盏不嫌弃你的长夜残灯
和那条，许你暖暖相依的一叶孤舟

今夜
不知是否有幸荡进
我的梦中

寻　找

很久，没在故乡的石巷里转悠过了
很久，没能和前院的憨娃再杀盘
难分秋色的棋了
这些年活得有些仓皇
魂儿早已从躯体中走失
现在，我想找找它

捧着棋盒
踌躇在憨娃的门前
发现，紧锁的门缝中
满满一院的瓦砾与蒿草，正放肆地溢出
惊诧间
一口冷气，连个招呼都不打
就强行击穿我的伤悲

故乡啊，我来这儿
是寻找童年时珍藏的那匹欢乐之马的
可岁月的刀，已残忍地将它
杀害了

天地间

牧人刚从马厩中牵出那匹红色的烈马
草原立时就涌动起神秘的光泽
它凛然、激越，不可靠近
骑手们都被摔下来了
没人能驯服它
牧人话里流淌着骄傲
惊异，陌生。冥冥中却有些熟悉和信赖
和马对视时
仿佛一股电流，磁场般
在彼此眼中跃动
一步一步，走近它。我身不由己
抱着它的头，抚摸
脸儿也贴在一起
鼻子对着鼻子，呼吸着彼此的呼吸
听到了彼此的心跳
豪情勃发
一声长啸，骏马驮着我在无垠的草原上奔驰
有血在燃烧
至今我依然搞不清那次不可思议的神奇
是现实的还是梦境的

但明白
我心中也有匹烈马
正天地间驰骋

写　诗

趴在桌上，战战兢兢地写下的
是心中的崇敬
想，找一种感觉
如意念，如象外之象
一种让人感到既在情理之中，又在
意料之外的东西
企图着，今生能在尘世
留下美玉般的诗句，温润又恒久
为这，我像个淘气的孩子，把自己
反锁在房里
反复推敲
后来，那个叫压抑的东西，将我
逼迫得形影相吊
破窗而出
望着湛蓝的天空，呼吸着清新的空气
突然生气地发现：
好诗，他妈的原来全在天上
就像那飘逸的云彩
信马由缰
自由自在

但我怎样才能将她拓印下来
作为经典
打上自己的烙印

琅琊台

脚步太沉重了
两千年后，那声响
依然将我的耳鼓震得生疼

琅琊台上，我看见始皇帝嬴政
将长生的渴望
化作热辣辣的目光
烧向大海的远处
那儿有天堂的大门
豁然打开
海蜃明灭中神人恍动
成仙的道路上，金光闪耀
于是这张望就被时光
镌刻成永恒
定格在
无辜的琅琊台上
一而再地
让后人
感慨

倘若真有来世

净土寺，偶听万空大师谈
生活的禅意
人的一生，别像花呀草呀的
一得势就
铺排，招摇，博人眼球
……
是浅薄
一把火之后，皆为灰烬
即使来年风吹又生
也不过是
再世的轮回

人应该像泥土
经得起生活的反复打磨
将自身形成一个容器
在烈火痛心裂肺的煅烧后
涅槃，脱胎成瓷器
高贵，永恒
身上荣光
千年不朽

被此话震撼
敬佩，也迷茫着
生性没有花草的那份张扬
可同样达不到瓷器的那种
高贵
我怀揣着胆怯，卑微，苦痛和无奈
对不如意的生活拿不起
也放不下
这让我在两者之间
难堪地徘徊

今生
已不再奢望能洞穿生活的真相
只祈求来世
依然在心里
天真地
写满渴望

群山之巅

一座我曾敬仰的大山，倒了
身后的几个土丘，也夹着狗尾赖豹子般地
倒了
其实，我早已顺从于对这座山的崇拜
那是一种源自童心的纯真，闪着
忠诚的光泽
当然，我也迷恋大地上的每一座高山
可内心里，我最终追寻的却是那座群山之王
它在遥远的地方，有着漫长的艰辛及苍茫
它平凡、简洁，还有些孤独
静寂中自有庄严的气氛在氤氲
它总是沉默，一言不发
更不会炫耀自身的厚重与高深
但它却把世界最高的尺度
种在我的心间

那只无头的大公鸡

狠下心，举刀
战战兢兢
平生第一次
我将一只大红公鸡的头，砍了下来
看着丢弃在一旁死不瞑目的头
看着脚下不再挣扎也
不流血的身子
我放开了被宰的鸡

奇迹发生了
那只被宰的公鸡，忽然
扇动着翅膀
踉踉跄跄地站了起来
挺着无头的身子，像举着一面悲怆的旗子
在犹豫和迷茫中
高一脚，低一脚地朝前走去
……
我的心被针刺似的
痛了一下
懊悔

杀了一只对生满怀着渴望的鸡

但，终于，看不见尘世的光明了
终于，找不到前行的方向了
终于，憋不住那口绝望的气了
那只鸡
那只无头的大公鸡
无望地走出今生最后一段
惊心而悲壮的时光后
跌倒
痉挛
血流如注

牵住向往

我敢肯定，苍天一定是醉在这场大雪的
诗意里
不能醒来
车不是在路上行驶，是
在白茫茫的雪海中晃悠
每一下，心都蹦到了嗓眼
净土寺终于到了，仿佛得到佛的青睐
心一下子就安稳起来
见时光用沧桑，将寺庙涂得面目陡峭
紧闭的大门上红漆剥落
不知是谁，赋予了它庄严的神色
压迫着我
地上，一行浅浅的脚印蜿蜒而进
梦一样，把我的想象和向往也牵了进去
颤颤地，敲了许久
小沙弥隔墙递出一句话：
你来早了，大师明天才到

胆怯的兔子

仿佛一只兔子，昏头昏脑的
我从田野闯入人声鼎沸的城市
悄悄安下一个窝
但禀性难移，心里
顽强地拒绝着城里人脸上的
高傲

多年了，我用耐心的微火
在肚子里慢慢煮沸着
城市生涩的文化
可满锅内却没有半点故乡的味道
看来，今生是唤不醒这城里的温馨了

梦里，又孤独地回到故乡的原野
耕作在贫瘠的土地上
遍地星光被踩得毕剥作响
可年复一年的庄稼，结不出果实
面对绝收土地
我看见父亲木然的目光
让人心寒

昨天还酣睡在老家蝉鸣中的那只兔子
今天
哪儿去了?

心　事

痴迷于历史某个神奇的拐点
我找到了嬴政——
这个令人纠结的始皇帝
用泼墨的豪情
涂抹出秦王朝拔地而起的雄奇画卷
漂杵的血流
承载着虎狼之军的战车
隆隆而过
碾碎了
六国心头那颗晶莹的泪珠
恰在此时，我看见
嬴政又从脑海中射出一道惊天的闪电
横穿历史
书同文、车同轨、货同币，全国同一度量衡
我想，倘若秦始皇能再狠狠心，努努力
从心里掏出一把火，把天下的人心也熔了
那秦王朝命中的劫数
就不会早早地埋下覆灭的伏笔
……
一旁的父亲悠闲地吸着烟

怜悯地瞧着我
抚摸着我的额头安慰着
娃啊，宽心地睡吧
再难的心事，在梦里
都会圆满的

问　天

天宇苍茫
我不知道该用怎样的长歌才能将其填满
忧愁时
满眼皆是东风的泪水
又见红日西沉皓月东升
牡丹的妩媚早已征服于梧桐的激情
无奈中
天上飘来一朵云彩
这云彩将我人生的败笔
转卖成一腔沉甸甸的幽怨：
苍天啊
尘世中春光灿烂花海如潮
可在那一朵花蕊中
才摇曳着我梦里平凡而温馨的影像

无　题

黄昏收拢起披在大地身上的最后一道金衣
古城楼的砖雕立刻又陷入对岁月的漫长回忆
我打开一本厚重的汉语词典
在里面汗流浃背地翻拣着
企图让一些词的光辉
洞照出历史的幽微
我看见百草书屋内调皮的孩子和破旧的书包
在吱嘎作响的书桌前
神色黯然悲痛欲绝
摇头晃脑的先生津津有味地品读着
孩子们从不问津的诗句
是谁从我眼前突然跃起
然后又重重地跌下
白马是马
这是世间遵循的公理毋容置疑
但却一文不名毫无价值
白马非马
是被妇孺都嗤之以鼻的谬论
但历史和它的思想界却对它侧目而视敬重有加
秋天来了

大地尚未霜降
一群亢奋的蚂蚱
鼓起闪亮的翅膀到处张扬着
竟不肯做半点收敛
我只好将今世的哀歌
献给未来的时光
用一颗小小的心
仔细地把黑暗的灯盏擦亮

陈胜的宣言

时光，花费了半个世纪的长度
把我的黑发洗白
灯下，我依然在品读
五千年的浩瀚史册
惊奇的是，心目中崇敬的人物
既不是秦皇与汉武，也不是
孔子和苏轼
是一个，叫陈胜的农民
崇敬他不是因为他
是中国历史上
首次农民起义的领袖
也不是因为他称过王，而且
还建立过一个短命的
大楚王朝
是因为他第一个喊出了，让尘世
震耳发聩的声音："王侯将相宁有种乎？"
正是这个农民宣言，像一道
横穿历史的火焰
将中国人从王权崇拜的奴性心态里，解放出来
是后来的人们，在权力的黑暗时代

看到了一丝生命的曙光
陈胜
正是陈胜
为中国人的精神脊柱
树立起一根挺直的
万丈高度

惑

不胜酒力。常常怀疑自己和诗歌的缘分
朋友嗜酒，搬来一箱酒头酒
纯度很高
味道极好。我一杯接一杯地喝
有些收不住手
仿佛不醉倒自己，生命就失去了意义
不醉倒自己，诗歌就失去了灵性
三杯两盏之后，他们喉咙似乎着了火，下咽不得
我疑惑他们时，他们也在怀疑我
想起初次拜谒孔庙
导游摇动着小旗，对着神像，讲解圣人的传奇
直觉告诉我
美女对孔子的熟知，远不如我
崇拜和爱戴，更不如我
我想，是我的魂儿常在这儿眷恋，徘徊
她的，却停在别处

尘世间的事情往往难以想象
正如我们心中的天地，有时远比
我们看到的
要辽阔，博大
和复杂

走向千里的那个单骑

狼烟起处，三国纷争
光阴将那段不堪的历史
锈死，连阳光也难以将其擦亮
混沌中。一位神灵悠然而出
出五关斩六将，以及温酒斩华雄的神勇
是他走向神宇圣坛的庸常小事
不足挂齿

封金挂印。抛弃
人世所能享有的荣华富贵及美女豪宅
义无反顾地走向
那条单骑千里的心路历程
才是后世敬奉的
关键所在

关羽用信念的巨笔，书写了
令人拍案的传奇
演绎出华夏义薄云天的动人华章
穿越这一心灵的寂寞之旅
关羽走上了，令万世敬仰的精神峰巅

找到这一尊偶像之后
突然发现
我人生的唯一的等待
已然结束

民间视角之下的“倾斜世界”

——关于卫国强诗歌的一种解读

彭 进

初读卫国强的诗歌，就感觉到微微一震。因为在这里，我读到了在当下诗歌中较难寻觅得到的“微言大义”或者说“春秋笔法”。在卫国强诗歌这些暂时还称不上完美的词句中，我读到了以个人视角窥探出的民族历史、家族记忆，尤其是宏大民族叙事背后的个人感怀。这样的叙述笔法，一方面与“微言大义”的历史传统不谋而合，另一方面则可以看作是著名文学史家陈思和教授所发现的“民间立场”式的阐述与表达。

所谓“微言大义”，其意思就是用含蓄微妙的言语，来传达精深切要的义理，它的另一种说法叫“春秋笔法”。其为孔子首创，在《春秋》一书中大量采用的描写方法，作者通过委婉的叙述来表达自己的倾向，却不直接表明态度，以曲折迂回的方式让读者知悉。左丘明将这一笔法概括为“微而显，志而晦，婉而成章，尽而不污，惩恶而劝善”。

关于“微言大义”之说，笔者以为，在诗人卫国强《家谱》一诗中，体现得尤为明显。

家 谱

抖抖索索
父亲从供桌的夹层中
摸出一张发黄的家谱
一个个平淡的名字
沉默着卫氏一门十代人，庸常的族史
既没靠上西汉大将军卫青
显赫的荣耀
也未沾上东晋卫夫人
绵延的文脉
你二爷参加国军，中条山战役被鬼子打死了，没后
父亲说
你三爷糊涂，反对土改时的农会
被枪毙，也绝种了
话一下子把天都说阴了
我心头袭来阵阵寒意
一只蚂蚁在院子里忙碌
它是勤劳的，也聪明
早早就解读出生命的意义
惊雷似乎从遥远处传来
声响里带着一丝哀恸
故乡这静谧的田园时刻
我胸腔内突然撞进一些疼
这疼还冤魂似的
在一拱一拱
抚摸着胸口，在家谱暗淡的一角

默默地，我写下了自己的名字
一个终将
朦胧的符号

在这首诗里，诗人卫国强拒绝了那些历史上盛极一时的僵化的政治言说，而是从个人家族记忆的角度，打量抗战、土改等那些轰轰烈烈的民族记忆，角度独特，言辞深沉，令人耳目一新，而又扼腕感慨。诗人首先从卫姓显赫的大人物卫青、卫夫人着手，为自己家族定下“庸常”的基调。很显然，跟那些历史上翻云覆雨的大人物比较，我们绝大多数人的一生都是平凡的，数以亿万计的家族都仅仅是沧海一粟。在这里，诗人有着清醒的认识及辩证的态度。凡常如你我的小人物，尽管无法在历史风云中展露手脚，却也与历史变迁“紧紧拥抱、难舍难分”，无数个如你如我的小人物，共同见证并亲自参与了那些翻云覆雨的大变革。“你二爷参加国军，中条山战役被鬼子打死了，没后/父亲说/你三爷糊涂，反对土改时的农会/被枪毙，也绝种了……”短短几句话，极其平淡，却内蕴丰沛，极富张力，通过两个平凡小人物之死，将波澜壮阔的社会发展历程付诸文字并呈现出来，民族记忆通过寥寥数语，便清晰而准确地传达至读者心中。在诗句中，诗人卫国强没有丝毫臧否，但是，抗日战争的腥风血雨，土改革命的风云突变尽显笔端、一览无余，读者由此亦能判断出不完全等同于正统历史的另一种态度。其实，以我之见，对待一件事情，任何一种意见都无异于一种“偏见”，尤其是在多元化的时代，出于不同的利益，不同的立场，得出的结论必然有所差异，不同的结论也就谈不上孰对孰错，谁优谁劣。“旋转的地球失去了轴心/世界正在倾斜”（出自短诗《在倾斜》），诗人卫国强的这句诗，言简意赅又极其形象地揭示了这一事实。其实，这也正是我将这篇评论命名为“民间视角之下的‘倾斜世界’”的渊源所在。

毫无疑问，诗人卫国强对于家国记忆的描述，出自民间立场、民间意识。著名学者、文学史家陈思和教授认为，“民间”并不是一个特定历史的概念，在任何国家形态的社会环境里都存在着以国家权力为中心来分近疏的社会文化层次，与权力中心相对的一端即可视为民间，如果以金字塔形来描绘这两者关系，则底层的一面就是民间，它与塔尖之间不仅包容了多层次的社会文化形态，而且塔底部分也涵盖了塔尖部分，故而民间也包容国家权力的意识形态。而且，在某一时期，与国家权力中心相对应的民间，往往是通过“家族”“宗族”的形态来体现的。诗作《家谱》即是极其典型的个例。“一只蚂蚁在院子里忙碌/它是勤劳的，也聪明/早早就解读出生命的意义”“我胸腔内突然撞进一些疼/这疼还冤魂似的/在一拱一拱/抚摸着胸口，在家谱暗淡的一角/默默地，我写下了自己的名字/一个终将/朦胧的符号”。这样的诗句，隐忍、含蓄，却又饱含深情，让人读出心痛，读出悲怆，甚至能读出眼泪。这些民间叙述中的小人物，哪怕是与历史风云紧密相连的小人物，也只能如同勤劳的蚂蚁一般，忙忙碌碌，却又在滚滚红尘中微不足道，最后，连自己的名字也只能变成一个模糊的符号。在这里，诗人卫国强对于个人尤其是凡常小人物之于历史关系的认识，有着近乎残忍的极致清醒。

与《家谱》类似，《在戏中》《函谷关》同样是以民间立场的角度去解读传说与史实，在有条不紊的叙述中娓娓而谈、“微言大义”。《在戏中》一诗，诗人卫国强通过流传数百年的白蛇传说，再次透视小人物跑龙套的宿命。“可命中注定我平淡的人生/只宜扮演个/跑龙套的角儿”“正命悬一线待人救场时/幽远处，有锣鼓声沿着暗夜的秘道/从天际处隐约传来/仿佛召唤我/流落民间的魂魄”。在这里，诗人卫国强同样提及了“民间”一词，不知道这与陈思和教授关于民间的著名论断之间，是有意为之，还是一种巧合?《函谷关》一诗，一如既往地关注着小人物之于历史的命运。“只有雀儿们不知深浅/把空洞的嘶鸣喊得嘹亮/仿佛高亢的民间唱腔/以为铆足了劲/就能在史册上弄出些许声响……”雀儿的比喻，将不甘心的小人物形象刻画得栩栩如生，跃然纸上，辛辣之余，似乎还有一些无可奈何的“民间”悲怆。

事实上，在诗人卫国强的诸多作品之中，我们可以时而不时地探寻到藏匿在现实生活、人生百态中的复杂的民族精神以及隐秘的民族脉搏。诗人通过塑造一个个极富民族象征意义的民间个体，一个个具有典型民族历史价值的群体形象，去追索，去描摹，去呈现，去发掘我们民族的精神谱系。这些个人视角之下的“倾斜世界”，对于我们庞博的民族精神谱系而言，又何尝不是一种有益而又极有价值的补充呢?

(作者彭进系青年作家，评论家。河南省诗歌学会理事，《大河诗歌》副主编。)

诗意星空下的精神光芒

——卫国强先生近期诗歌评介

谢旭国

熟悉卫国强先生，缘于诗歌的缘故；也因为他近期诗意的不断精进，我们的友谊也逐渐加深。这样说有些重文轻人之嫌，但诗歌是内在精神的外在体现，一个精神明亮的读书人，终究会照亮人心的深处，使人性高尚，就像《短歌行》中所唱的那样：青青子衿，悠悠我心。

诗歌是人类精神最早的萌动与起源。如《楚辞》之巫言，《诗经》之无邪，再或唐诗宋词之空灵浪漫，直到“面向大海，春暖花开”的景致接引，这些近乎于宗教情绪的诗歌经典，都给人以神秘的情感抚慰和心灵净化。

这种情感，是大自然与诗人个体精神的对接。就像卫国强先生在《吞月》中所说：

……我愿意，此刻被抛到一个荒凉的山谷//哪怕一个寂静的枯井也行/对着一孔小天，不/是对着天上那轮皎洁的月亮/哦，这绝世的大美/静下心，沉下气/慢慢地，慢慢地/小心着/别焦虑，别紧张/把它的香，它的酥/它的温馨和甜蜜/光华与浪漫/以及掰开后内里的温柔和白嫩/一口一口/缓缓地/吞下/……沉醉

有人说，此为情爱之辞。没有错，宁静皎洁月光之下的情感，是诗人对大自然的深切情爱。然而我看到的是，人心元神的暗能量与宇宙能量融合后，生发的精神聚变。它是“独上高楼，望断天涯路”的憧憬和忧伤；是“念天地之悠悠，独怆然而涕下”的孤独与豪壮。这是精神上的纯真情感，它光昌流丽、快慰轻飏，它神秘、迷茫，无由地忧伤。与其说是光风霁月之下强烈的“宇宙意识”，不如说是艺术意境中的精神光芒。这种光芒，超脱了人性的本身，却又时刻散发着人性的温暖；既是对大自然本真的歌咏，又是对喧嚣与纷扰的遮蔽和驱散。它神秘而亲切，如梦境晤谈，是宇宙大美之下人的自然回归；它大气而又小心、幽静之极又生趣盎然，有唐诗之空阔、宋词之婉约，难怪这支神美兼具之鸣镝，击碎人的观感意识，引发共鸣。

意境与精神同步，诗魂和心情共舞。此为诗人之能事，细思又不仅于此。譬如卫国强先生在《一只白鹤》中“……祭坛上，剖开我的胸膛/用那颗跳动着的心，将她身上的俗气褪尽/并将碧血化成彩虹/架起一条/白鹤腾飞的天路//哦，这之后/尘世将听到天籁般的/九天鹤唳”；《关山无语》里“蝴蝶的翅膀/诗意成一个葱郁的梦/不，是一件披在身上的袈裟/正把这颗丑陋的种子包裹起来/谁家的花园肯为我留下/一块发芽的土壤/大槐安国的传奇，又在暗香浮动/炙热/总是抛不掉/心头的焦灼/雨后，斜阳/关山无语”。无论是对美好的渴望，还是在现实中挣扎，这些诗歌表面的唯美意境，隐喻着诗人强烈的爱憎；精神和灵魂，在诗歌中就像异域民族强烈跳动的胡旋之舞。

诗人都有一个敏感的性情和不屈的心灵。他们倔强而固执，激越而热情；他们保持着人之初的本真，又有着超时代的天赋。他们是人群之中的另类，也是人群之中的智者；他们时而沉重紧张，时而又天真活泼，时而喃喃如魔法化地祈祷，时而宁静于自然之间天人合一。不必为此讶异。在我看来，诗人都是上帝怜爱人间的派遣者，被赋予贯通天地的神性，令摩西、大卫王、所罗门、马太记载《圣经》；让李白、杜甫、白居易安抚尘世间人的心灵。在中国，诗歌本身就是一个神奇无比的传奇。我们甚至难以找出《诗经》的作者，但“风雅颂、赋比兴”前所未有，至今仍被奉为诗歌的圭臬。我想，那些先秦时代身着青衣写诗的谦谦君子，隐没在灼灼其华的历史中，闪烁在幽蓝的星空上。而诗歌，就是人类的心灵史；其神之属性，让诗人具有一颗悲悯的心灵。

《乞讨者》说:”……一个乞丐，蓬头垢面，语无伦次/他目光呆滞，面对人群时总淌着陌生和胆怯/像一个失去魂魄的空心人//深秋了，大地凝寒/他肮脏而又发臭的外衣下/还是夏日单薄的短裤/路旁，一座工厂冰冷的墙角/他安下了窝/每天，不论流浪多远，他都会在日落前赶回来/每天，他都会幸福地为窝里带回来些/红的绿的黑的白的/——那些别人抛弃了的旧衣物//它，显然成了某些人眼中的垃圾/一天，这堆东西被有些人一把火烧得干净/面对灰烬/我看见乞丐绝望的眼神有些熟悉/恍如我苦难的前生”。

如果寻根问祖，每个人都有一个苦难的前生。只是许多人业已忘却，在当世充裕的物质中自以为“贵族门阀”，举止轻扬。甚至连我们的诗人也有将写作降格为小资情调的抒发，将诗异化为承载隐秘情感的体验，却漠不关心苦难、贫困等能够传达终极价值和人文关怀的题材，使诗歌难以贴近人心，难以为时代提供思想与精神的明确向度，以至于走向现实世界的精神贫血。

“诗言志，歌永言。”自《诗经》和《离骚》开始，中国诗歌就站在社会的前沿，哀民生之多艰、虽九死其尤未悔，为劳苦大众鼓与呼。如今，当我们看到“乞丐绝望的眼神”的时候，是不是都有一种熟悉之感？只是，我们这些匆忙的“文明人”很少关注到乞丐的眼神，那些沉重的污秽的形象都被下意识有选择地摒弃，何况那些弱小的卑微的灵魂？

无由得，我想起百度图片中，一个流浪汉在淋漓的春雨中放声哭泣……

这是《乞讨者》给我的感受。因为它浅显易懂，因为它细微而震颤，让我的心灵刹那间变得柔软起来。

钱理群先生曾经写道：“坦白地说，我已经20年不读、不谈当代诗歌了。原因很简单，我读不懂了。”在我看来，诗歌的晦涩无非两种原因。第一，诗人人生体验复杂幽深，几句白话难以说清，就像毕加索重新组装的绘画世界，超越现实，超过了平面绘画的二度空间。这肯定是好诗，但很难遇到。第二，就是诗人不能准确捕捉住激越的灵感，而写出了似是而非，杂乱无章的篇什。这不能称之为好诗。我觉得一首好诗，要用真用善用深情，以大胸怀、大境界的感情美化去感悟、去抒写、去感动大家，譬如《乐记》所说的那样：致乐以治心。好诗是掏心窝子的话，应该能够陶冶人的性情，净化人的灵魂，助长人的尊严，激发蛰伏的精神，继而照亮人类的未来。

卫国强先生的诗歌就是这样。例如《我看到了远方》：

“天空蔚蓝。删掉了多余的云彩/只用深邃/廓清尘世关于高贵的概念/脚下大河流淌/静水深流/独自登临王之涣的高楼/天涯路上/阅尽大地的繁华，灿烂及诱惑//我却只爱简单/就像远方那座巍峨的山脉/简洁，干净/连棵杂树都不肯有的峰巅/全是皑皑白雪/闪着青凌凌的寒光”

天空蔚蓝，删掉了多余的云彩。诗意的语言，颠覆了我们关于天空的传统表达。诗歌是语言的炼金炉，这种纯粹的语言传达的意象，让人的心灵骤然干净起来。之后的大河、静水、高楼与巍峨的山脉，表述得如珠玉落盘，颇有回旋曲折之意味。诗歌是可唱可舞的文体，读起来要悦耳好听，只有具备音乐的节奏，读者才会随着节奏产生“击节赞叹”的欲望。读起来味如嚼蜡、文字又别无景致的回车体，此类“纸上文本”所赋予的内涵和精神，想来也是孱弱无力的。

《我看到了远方》是《登鹳雀楼》的现代表述。在一样的大景致之下，王之涣看到了远方，卫国强先生看到了人类的未来。人类有三个终极命题：“我们从哪里来？我们是谁？我们往哪里去？”《我看到了远方》很好地回答了“我们往哪里去”的问题。无论文明如何发展，最终人类要生存在干净美丽的蓝色星球上，在此之下，人心纯粹生活简单，没有复杂的人际纠葛和猜度，没有盲目的攀比和物欲的压力，没有战争、没有强权，没有生存的恐惧和忧伤。每一个人都有一颗高贵的心灵和十足的尊严，与大自然和谐统一地生活在这个人世间，慢慢悠悠，地久天长，恰如陶渊明所说：“采菊东篱下，悠然见南山。”

就像远方那座巍峨的山脉
简洁，干净
连棵杂树都不肯有的峰巅
全是皑皑白雪
闪着青凌凌的寒光

诗意的远方给我们描绘了一个完美世界。雄浑、高古、典雅、纯粹。诗歌这种有意味的形式让人的心灵充满了梦想；而这首诗中那座皑皑白雪、闪着青凌凌寒光的山脉，有着禅悟般的韵外之致。我想那是人类精神所凝聚的光芒，大山一般横亘于远方，等待着我们一步一步地靠近。这样说，不止于是我们，也是卫国强先生的诗歌走向……